JN318935

蔓延する偽《いつわ》りの希望

すべての男は消耗品である。Vol.6

村 上 龍

幻冬舎文庫

蔓延する偽《いつわ》りの希望…

——すべての男は消耗品である。Vol.6

contents

夢日記は小説に役立つが、旅行日記はどうなのだろう？

10/1/1998
1:16AM

イタリアに行ってきた。ペルージャという町で、中田選手とかなりの時間を一緒に過ごした。時差でボーっとした頭でこれを書いている。

中田は現地の日本メディアに悩まされていた。話を聞いたが両者の溝は深い。日本メディアの側からの話は聞いていない。だが両者は別に喧嘩をしているわけではないので、双方から話を聞かなくても、コンフリクションの原因は想像がつく。

日本を支えてきたあらゆるシステムが「金属疲労」を来している現在、メディアもその例外ではない。メディアも変わらなければいけないのだが、まったくその兆しはない。

八五年のプラザ合意以来、円高が容認されるようになったわけだが、その際、日本の製造業はドル建ての輸出価格を上げようとしなかった。二四〇円から二〇〇円に、さらに一七〇円から一〇〇円に円が高くなっていったとき、その都度、額面通りドル建ての輸出価格を上げ、輸入価格を下げていれば、為替レートは一七〇円あたりで落ち着いていたという説もある。

だが日本企業はドル建ての輸出価格を上げようとしなかった。コスト割れをしてもいいから売りまくれ、というような戦略だったという。なぜか？　日本のトップ企業は円高について、他社を潰すチャンスだと考えていたのだ。これで下位メーカーに勝てると考えて、低価格競争に入ってしまった。つまり日本企業のライバルは同じ日本企業だったわけである。

こういった構図はたとえば福岡のデパート競合などにも見ることができる。福岡の中心地である天神では一昨年あたりから大型百貨店の進出が相次いだ。わたしは何度かそのあたりのデパートに入ったことがあるが、ものすごい売り場面積と品揃えで、いったい誰がこれだけの商品を買うのだろうかと不思議に思ったものだ。そして今、天神の百貨店街では共倒れの噂が流れている。

共倒れは予想できたはずなのに、どうして各百貨店はそれでも大型デパートを造ったのだろうか。それは、他がやるのにうちが黙ってみているわけにはいかないという日本的な心情からだと思う。共倒れの危険性はわかっていても、もし他が成功した場合には、メンツも潰れるということなのだろう。

六〇年代から七〇年代にかけて邦銀が外国に進出したときも、他がやるならうちもというような発想だったと聞いている。

ではそのような国内での競合とゼネコンに代表される談合はどう結びつくのだろうか。

答は簡単だ。邦銀も百貨店も建設業界も世界を視野に入れたビジネス戦略など持っていない。ライバルはあくまで国内の他社なのだ。したがって、他社にたとえ勝てなくても、負けることは許されない。そこで共倒れ覚悟の過剰競合や負けを回避するための談合が行われることになる。

そういった体質は企業だけにとどまらない。メディアも同じだ。『週刊ポスト』のライバルは『週刊現代』であり、『朝日』は『読売』、フジテレビのライバルは日本テレビでありTBSでありテレビ朝日である。ライバル同士は日本の文脈内で競争するが、その競争そのものが自分たちの利益に明らかに反する場合は談合というやり方になる。

中田を巡るイタリア現地の日本メディアも同じだ。

彼らが送る記事は日本人だけに向けられたものだ。彼らのライバルは日本国内の他誌・他紙であり、当たり前のことだがよその国のスポーツ紙ではない。だから彼らは他紙を抜こうとするし、抜かれることが何よりも恐いので、抜かれるよりは談合を選ぶ。同じような記事や写真を載せるのである。

中田は日本の文脈を飛び出してしまった選手だ。彼はセリエAという世界最高峰のサッカーリーグにごく普通に受け入れられた。そういうことはこれまでほとんどなかった。

海外で活躍する日本人は、移民がそうだったように、必ず苦闘しなくてはいけなかった。習慣・生活が違う外地で日々苦闘し悩み、手にする名誉は日本の肉親や世間に捧げる、それが海外で活躍する日本人のわかりやすい姿だった。それを逸脱する人間を紹介する言葉を日本のメディアはまだ持っていない。

だから、中田をどのような方法で取材すべきかというマニュアルのようなものはない。中田が提出するルールを守る、くらいしか解決策はないだろう。

□

今年から旅行日記を書き始めた。

正確に言うと今年の二月に行ったキューバから、これといって明確な考えがあったわけではなく、『龍声感冒』というわたしのファンが作るインターネットサイトの掲示板運営委員へのサービスとして書き始めたものだ。そう言えば夢日記も三年前から書いている。

夢の日記は小説に直接役立つが、旅行日記はどうなのだろう？

今回イタリアへ行って、初めてのイタリア旅行のことを思い出した。今から十二年前にテニスのフレンチオープンとウィンブルドンの合間にイタリアに初めて行ったのだった。ミラノとフィレンツェとローマの三都市だった。しかし、ミラノからフィレンツェへどうやって行ったのか憶えていない。レンタカーのような気もするし、飛行機か列車だったようなおぼろげな記憶もある。

小説を書くときの言葉の選び方も変わってきた。二十代の頃は弾けるように言葉が浮かんできたが、今は文脈にフィットする言葉を探さなくてはいけない。

もちろん小説の内容もそれに合わせて微妙に変化している。それは、比喩に顕著に現れる。それでは二十代のような文体ではもう書けないかというとそんなことはない。言葉は失われたわけではなくて脳のハードディスクに眠っているだけで、それを取り出すのに時間がかかるようになっただけだからだ。

綿密な描写を始めると脳が少しずつ活性化してくるのがわかる。ウォームアップに時間がかかるようになっただけなのだが、それでも脳が退化を始めていることに変わりはない。大好きだった広島カープの大野投手が体力の限界を理由に引退してしまったが、小説家だって、歳とともに脳が衰える。脳が衰えるときにもっとも警戒すべきなのは、理解したという思いこみである。理解できない状態というのは不安だ。だからわたしたちは何とか理解しようとする。この現実は算数ではないから、理解から洩れることのほうが本当は多い。今のような不安定な社会状況に際して、人々は不安から逃れるために何とか物事を理解しようとする。だが、理解できていないという思いこみに何か意味があるわけでもない。理解しなければいけない、あるいは理解できるはずがないという自己決定は実はともに都合のいい錯覚である。そのような錯覚は、圧倒的に理解不能な現実を前にすると、スパイラル状の不安に陥る。

理解している、この現実をわたしは理解している、わたしが理解できていないということも理解している、わたしが理解できていないということをわたしが理解しているということを理解している、というふうに、まるでデフレスパイラルで、神経症はそうやって始まる。

ではどうすればいいのか。

何かを消費するのだ。スパイラル状に整然と下方へ落下していく意識のエネルギーを別の方向へと解放すること。めまいを感じる何か別のことを、探すのではなく、実感すること。セックスも有効だ。だから今の日本はセックスの花盛りだ。寂しいからと、誰もがテレクラその他で知り合い簡単にセックスしている。

セックスというのはスパイラル状の不安に対処するためのもっとも原初的で簡単な方法なので、今は女子高生を始め誰もがそれにとりあえず頼ろうとしているわけである。

イタリアの古都ペルージャで、毎晩クリントンのニュース映像を見ていた。一方はおいしいパスタ、最高のワイン、刺激的なサッカー、遺跡となってしまった文化。もう一方はさらし者、世界基準、現代のリーダーシップ、経済の景況。

だが、わたしたちの選択肢はその二つだけではない。

何かを知るということは、何を知らないかをはっきりさせることでもある

10/28/1998
3:12AM

経済は信用の収縮に向かっているように見える。世界経済全体がそうなのか、ユーロの実状が見えにくいので、はっきりしたことはわからないが、少なくとも日本においてはそうだ。消費の冷え込みも貸し渋りもジャパンプレミアムも株価・不動産価格・物価の下落もすべてキャッシュフローを減らす原因であり、またキャッシュフローが減っている結果でもある。

経済心理学には、語ることをフロー、語らないことを貯蓄・ストックという考え方がある。一人で悩んでいる状態は感情のストックが増えてフローが少ない状態だという。現在の家庭問題のほとんどは、フローが減少し、母子密着が発生することにその原因がある。

だが、その解決のために必要なのは、「親子の会話ありますか？」という標語に代表される家庭内会話ではない。

昔の父親は、単に国家から付与された威厳があったばかりではなく、外部、社会性の代表でもあった。現在の父親は、国家でも家庭でもなく、企業に象徴される庇護社会の一部に属

しているために、家庭では何をしたらいいのかわからない。

今のこの国では、父親を国家の威厳に守られた存在に戻すという方向と、家庭の中に新しく位置づけるという方向の両極で父親論が語られているように思える。前者はナショナリズムに拠る父権の復治であり、後者は育児もするし料理も作る主夫というあたらしい立場である。家庭問題の根幹のひとつである母子密着を回避する方法は、家庭内にフローを増やすことだ。

それは第三者の介入による外部との会話だと思う。叔父さんや叔母さんを交えて家族会議をしてみる。昔だったら、祖父母がいたし、町内会に相談役のおばさんがいた。今はおもにカウンセラーがその役目を果たしている。母子家庭のほうがフローが多い場合も多い。だから生物学的な父親が絶対に必要だという議論には無理がある。

大事なのは、母子密着を防ぐコミュニケーションのフローなのだ。

□

現在の日本には、キャッシュフローとともにコミュニケーションのフローが不足している。

その際に、家庭における第三者的な役割を果たすのは、第一にメディアだと思う。

現在のメディアは旧態依然とした文脈の中で報道・解説を行っている。それは、仲間内での批判というモデルと、国民に現実を「わからせる」というモデルだ。

車内吊りの週刊誌の見出しには、「ついに来るぞ！　ニューヨーク発の大恐慌！」といったようなものが目立つ。

恐慌が来るのはどこなのか？　おそらくこの国だろう。恐慌などは来ないほうがいいに決まっている。だが、それがやって来るのだという危機感を煽るだけの見出しと記事になっている。

本来メディアというものは恐慌などが起きないように世論をリードしていくという側面も持っているはずなのに、日本のメディアの大半は、この国に起きているであろうことをまるで他人事のように処理するのである。

他人事のように処理するのは、それが仲間内の情報のやりとりに終始するからだ。

「なぜだ⁉　腐れ銀行に六〇兆円！」

おこづかいが家のローンに回されると聞いた子どもがだだをこねているような見出しだ。

メディアは、庇護社会の中で、銀行や企業とまったく同じように甘えているのだ。庇護されているという無自覚の感覚が大前提的にあるから、庇護してくれるはずの政府が差別的に税金を銀行に投入するとだだをこねるし、長銀の前頭取に対し、退職金を返せ、というような記事しか書けなくなる。

金融システムの安定に本当に六〇兆円の税金投入が必要なのかどうか、わたしにはわからない。誰かわかっている人がいるのだろうか。本当に必要なのだったら、どうしてもっと早く投入しなかったのか。

そういう疑問を疑問として提示するのも、メディアの役割のはずだが、日本のメディアはないものねだりのような、他人事の批判を繰り返すだけだ。自分たちは将来的なビジョンを持っていないというアナウンスももちろんしない。それでは将来的なビジョンをメディア自身が持っているかというと、持っていない。持っていないことは恥ではない。探していけばいいのだ。

それでは日本のメディアは将来的なビジョンを探しているのか？　これからの五〇年間、日本がどういう経済活動をしていくのか、あるいはそれぞれの個人がどういう経済活動を迫られるようになるのか、思考実験を繰り返しているメディアがひとつでもあるだろうか。

□

今年の九月、「サンデーモーニング」という日曜朝のニュース番組に出演する機会があった。関口宏が司会で、一週間のさまざまな事件・ニュースをゲストとともに整理してみるという番組だった。

わたしは、そのころ連鎖的に続いていた毒物混入事件に関するコメンテーターとして出演した。そのころ出版した『ライン』という小説の宣伝になるからと出版社から出演を勧められた。もちろん宣伝にはならなかったが、ニュースを整理する番組の実状をみるよい機会だった。

北朝鮮のテポドンが飛来した時期だった。スタジオには、北朝鮮に詳しいゲストが来ていて、その人に質問するコーナーがあった。北朝鮮は弾道ミサイルを本当に持っているのか。北朝鮮の政府・軍部は戦争を準備しているのか。やりとりはそういう点に集中した。

わたしは次のような質問をしてみたかった。

「北朝鮮が韓国に対して戦争を仕掛けるということは、日本とアメリカも敵に回すということだと思います。全世界的な制裁も覚悟しなくてはいけないでしょう。北朝鮮はアメリカと日本を敵に回し、全世界からの経済制裁を受けて、それでも勝てると思っているんでしょうか？」

だが、その質問は止めた。答えが長くなるからだ。番組に積極的に関わる情熱がなかったからだが、その質問は、国民に対する北朝鮮政府の情報封鎖の度合いによるし、北朝鮮軍部の世界情勢への無知の度合いにもよる。ひょっとしたら、アメリカ国務省にも、ＣＩＡにもわからないことなのだ。

日本のメディアは、国民に「わからせる」という絶対的な使命を持っている。知らせるのでも伝えるのでもなく、「わからせる」のだ。

だから出来事や事件は必ず「理解可能」なこととして報道され、整理される。

□

終身雇用や護送船団方式に代表される日本のシステムの「金属疲労」は世界金融市場の規制緩和によって暴露された。世界金融・経済のグローバリゼーションに対し「準戦時体制」でやってきた国内のシステムの整備が決定的に遅れたのだ。

家族が企業に、企業が官庁・政府に庇護されるという社会構造が変わろうとしているというぼんやりとした認識は、今、誰にでもある。庇護社会というシステムを変えて、グローバルな中で生き残りを目指していくわけだから、当然「痛み」を伴う。

具体的にどういう痛みを伴うのか。それはどの程度痛いのか。リスクに際しての痛みとリスクマネジメントによる利益の関係は実際どういうものなのか。そういったことを誰かが考え、伝えていかなくては、フロー不足に陥ったデフレ状態の負債感覚が消えることはない。

つまり漠然として曖昧な不安に晒され続けるということだ。

わたしたちが何かを知るということは、何を知らないかをはっきりさせることでもある。

12/1/1998
7:12PM

小説や映画はやっかいだ。ものすごく大変で、ものすごい充実感がある

どのタイミングでこの原稿を書いているかばれてしまうが、きょうはトヨタカップを見る予定だったのに、なぜか面倒くさくなってキャンセルした。この原稿を書かなくてはいけなかったこともあるが、わたしはやりたいことがあると、すべてを放り出してやってしまう性格なので、たぶんこの原稿のせいではないと思う。

きっと中田のせいもあるのではないだろうか。中田がペルージャに行ってから、セリエAのゲームがより興奮できるものになった。というよりも、それまではワールドクラスの選手の高度なプレーを楽しんでいただけだった。

開幕戦をペルージャで見たときの興奮は忘れることができない。対ユベントス戦をペルージャの市民と一緒に見た。中田はこれまで通りにプレーできるだろうか、何もできずに終わってしまうのではないだろうか、いろいろな思いが交錯して、試合開始のホイッスルが鳴るまで、心臓が破裂しそうだった。

結局、わたしの不安は杞憂《きゆう》に終わったが、それでもその後のペルージャのゲームはどの試合でも緊張する。自分のことのように応援する選手が、セリエAという世界最高レベルのサッカーリーグで戦っているのだ。

現地のスタジアムで応援するときは興奮は何倍にもなる。明日は試合だと思うと、前日から緊張が始まる。スタジアムに行くと、サポーターは一時間も前から、敵のサポーターとやり合っている。ピクニックに来たようなうきうきした感じと、戦いが始まるという緊張感が同時に起こる。ゲームが始まると、すべてを忘れてしまう。攻撃のときも、劣勢のときも、とにかく大声を出してしまう。ゴールが決まったりすると、前後左右のイタリア人と抱き合って喜び、もう何がなんだかわけがわからなくなる。

そういった興奮について、まるで音楽を聴いたあとのようだったと、わたしは観戦記に書いた。そういった興奮はキューバのバンドのコンサートのように自意識を自然に消してくれる。トヨタカップは、レアル・マドリッドとヴァスコ・ダ・ガマ、どっちが勝っても別にいいじゃないか、と思った瞬間、国立競技場に行くのが面倒になってしまった。もちろん国立競技場は満員だった。レアルもヴァスコ・ダ・ガマもすばらしいチームだから、サッカーファンは恐らく充分に楽しめたに違いない。

わたしはどうしてトヨタカップを見に行かなかった理由なんかを、こうやって考えているのだろうか。

□

最近、どうも自分に焦りがあるような気がしてきた。やりたい仕事があって、それにつながるものを優先している。それは、準備中の映画だったり、執筆中の小説だったり、いろいろだが、それを何とかして充実したものにしたい、時間をそのために使いたいという焦りが自分にあることに気づいた。仕事はかなりのペースで次々とやり終えているのだから、別に焦ったりしなくてもいいのに、と自分でも思うのだが、何かに追われているような感じさえする。

そういう状況が全面的に悪いかというと、そんなことはない。これまでも、手応えのあるテーマを掴んだときはそうだった。とにかく早くその作品を書きたい、映画だったら、撮りたいと焦った。その小説や映画のための資料は恐ろしい速さで読み、その小説や映画に関係のない時間は無意味なものに思えてしようがなかった。プライベートな時間を楽しむ余裕がないわけではない。プライベートな時間はきちんととった上で、それ以外の時間を全部小説や映画に使いたいと思ってきたのだ。

トヨタカップに行かなかった理由も実はそのあたりにあるのではないだろうか。ペルージャで中田の試合を見たあとには、いろいろなことを考える。目の前に弱冠二十一歳にして「世界市場」に認められた友人がいるわけだ。わたしが、世界中の人に自分の作品を見て欲しいと考えているわけではなくて、サッカーでも、小説や映画でも、やっていることは世界中共通で、だったらその質を上げていきたいという思いを切実に持つことができるのだ。日本国内でどんなにほめられても満足してはいけない、と素直に思うことができるし、くやしいが、自分はいまだに日本語の壁に守られているのだ、と確認することができる。

そういった思いは、小説や映画を強いものにするために必要だ。わたしは、トヨタカップを見てそのあとに食事をしたりする自分を想像することができる。たった今見たばかりのゲームについて話し、気分は高揚していてきっと高いワインを飲んだりすることだろう。

そういうのはつまらない。

□

自分にとって、どちらかというと無駄に近い時間を過ごすことに慣れる必要があるのだろうか。そういう慣れがまったくないと、からだには疲労が溜まっていく。

小説や映画はやっかいだ。ものすごく大変で、ものすごい充実感がある。からだがグチャグチャに疲れていても、いいアイデアが実際に作品になっていくのを実感すると、興奮して疲れはどこかに消える。そういうことの繰り返しの中で、いつか自分のエネルギーが枯渇しているのを感じることもある。創作のエネルギーではない。わたしが言っているのは単純なフィジカルなエネルギーだ。

禁断症状と恍惚を交互に繰り返す麻薬中毒者のように、焦りと興奮を繰り返していると、ひどい脱力感に襲われることがある。そういうのは誰にだってあると思う。何もしたくなくなり、何にも興味を持てなくなる。しかし、そういう状態でも、作品に関することだったら、エネルギーがどこからか湧いてくる。資料を読もうと思うことができるのだ。

そういうことをさらに繰り返していくと、極端な脱力状態が現れて、それは恐ろしい。何度かわたしはその極端なやつに襲われたことがあるが、思い出すのもいやだ。その、周囲すべてが死の世界になったような恐怖と比べると、まだどちらかというと無駄に近い時間を過ごすことに慣れたほうがいいのではないかと思うのだが、そのあたりはよくわからない。

完全に空っぽになる状態がなければ、そのあとの、エネルギーが充満してくるときの高揚感もないのではないかと思うこともある。

□

今、法律について考えている。きっかけは景気対策の一環として配られるという商品券だった。地域振興券というらしい。批判があちこちで聞かれるが、実現しそうだ。批判というのは、基本的に「励まし」の側面を持っている。怒ったりするのは、まだ何かを信じているからだ。

たとえば、わたしが映画監督をしているときに、セットの図面を持ってきたアートディレクターを批判し、怒るとする。

「バカ野郎、何を考えてるんだ、やり直せ」

アートディレクターを根本的に信用しているから批判し怒るのである。本当にどうしようもないときは、はいはい、よく頑張ったね、とそのアートディレクターに笑顔で言ったあとで、あいつはクビにしてくれ、とプロデューサーに電話するだろう。

もはや日本政府は批判の対象ではないと思う。たとえば教育や金融問題にしても、相変わらずさまざまな批判や提案や討論がメディアでは繰り返されている。そのほとんどに、実は法律が横たわっている。教育改革は教育「法」改革なのだ。そして、法律を変え、新しい法案を官僚に準備させ、新しい法律を作ることができるのは、今のところ、あの、国会議員たちだけなのだ。

□

法律のお勉強にはまだ手をつけていないが、恐慌とデフレスパイラルについては、いろいろと本を読んでいる。

恐慌は本当に悪だろうか、と『消耗品Ｖｏｌ．５』の最後に書いた。悪かどうかはいまだにわからないが、十九世紀末の恐慌は第一次世界大戦まで続いたし、一九二九年に始まった次の恐慌は第二次大戦まで続いた。要するに、戦争が恐慌とデフレを解決したのだ。その他に解決策はなかったのだろうか。また、その場合の戦争は何を象徴していたのだろうか。というような疑問に対する自分なりの回答は、エッセイではなく小説で披露しようと思う。

文句があるんだったら、ミック・ジャガーに直接言え

12/24/1998
6:42PM

年末、またペルージャに行ってきた。フィオレンティーナというわたしが好きなチームと中田のいるペルージャが対戦するので、これは見に行かないわけにはいかないと思ったのだった。ちょうど米英がイラクを空爆している時期だったが、イタリア人はアメリカやイギリスをバカにしながらサッカーを楽しんでいた。もちろんわたしもサッカーやワインを楽しんだ。

文藝春秋に連載中の小説の取材として経済や金融の本を集中的に読んでいるが、日本は世界においていかれているという感が強くなるばかりだ。まったくダメかというと、そんなことはないのだが、この不況が象徴しているのが、日本の再生なのか、決定的な破局なのかは、わたしにもわからない。

□

経済や金融の情報を得ようとすると、自然におじさん系の雑誌にも目を通すことになる。『経済界』とか『プレジデント』とか、そういった種類の雑誌だ。『週刊プレイボーイ』や『アンアン』には金融関係の記事はない。現在アメリカで新しいタイプの投資会社を興しているのは、日本でいうと、『週刊プレイボーイ』を読んでいるような年代の若者たちだ。日本では金融や経済に関する話題はおじさん系の雑誌や本の中にしかない。

まずそこで、差が出てしまう。金融や経済の中心にいるのはおじさんで、若者は遊びやファッションだけに関心があるという、近代化以前の図式がいまだに機能している。おじさん系の雑誌にもいろいろあるが、いわゆる週刊誌はもう役目を終えている。終身雇用、年功序列、企業内組織、護送船団方式、右肩上がりの経済、というこれまでの日本のシステムを支えてきたものにいまだに依存しておじさん系の週刊誌は作られている。

基本的には、『出る杭を打つ』ことによって、一般庶民にある種のカタルシスを提供するわけだ。あるいは、ことさらに危機を煽って、最終的には一般庶民に安心感を与える。つまり、カタルシスと安心感が週刊誌の役目だったのだが、もうその役目は果たせていない。たとえばリストラにおびえている人は、菅直人の愛人問題なんかではカタルシスも安心感も得ることができないだろう。

□

昨年、ムーディーズが日本の国債の格付けをワンノッチ下げた。不思議なことにそれほど話題にならなかったが、おじさん系の雑誌の中にはそれに対して怒る人が大勢いた。ムーディーズの体質に異議を唱えたり、本当に信頼性があるのかといったことが書かれていた。当たり前のことだが、日本語で書かれた日本人しか読まない日本の雑誌にそういうことを書いても、当のムーディーズは痛くも痒くもない。

以前酒の席で、わたしの年下の友人たちが、ローリング・ストーンズの日本公演について話し始めた。今年のストーンズはつまらなかったよな、というような話だった。

「お前ら、文句があるんだったら、ミック・ジャガーに直接言えよ」

とわたしは言った。

昔、オリバー・ストーンの『ドアーズ』という映画を見たとき、大好きだったポップグループが汚されたような気がして頭に来た。でも、この映画は下らない、と朝日新聞の文化欄に書いてもオリバー・ストーンは読まないだろうと思った。アメリカに行って、オリバー・ストーンの家まで行き、あの映画は下らなかった、と言ったって、オリバー・ストーンはわたしのことを知らないのだからまったく意味がないと思った。それで、映画『ドアーズ』が下らないということを伝えるためには、何とかしてわたしのことをオリバー・ストーンに知ってもらう必要があると思ったのだ。

それで映画『KYOKO』のアイデアが生まれたのだが、その後、オリバー・ストーンが映画『トパーズ』に感動したということを聞いて、また彼が英語版の『コインロッカー・ベイビーズ』に献辞を寄せてくれたりして、微妙に計算が狂ってしまった。

まだオリバー・ストーンには、映画『ドアーズ』は下らなかった、ということを言っていないが、『JFK』という映画は好きだったので、もう『ドアーズ』のことは忘れようかと思っている。

大事なのは、自分の考えが相手に届くか、ということで、日本のおじさん系の雑誌がムーディーズの批判をしても、絶対に届くわけがない。

□

おじさん系の雑誌で、他に目に付くのは、「昔は良かった」という懐古である。教育問題において、その傾向は顕著だ。評論家や作家が最近の子どもの犯罪をテーマに対談や座談会をすると、必ず「昔は良かった」という論議になってしまう。

「昔の子どもはいつも腹を減らしていたが、それでも元気で明るかった」

「昔はガキ大将がいて、教師や親ができない教育をしていたものだ」

「昔は、大家族制度だったので、他者性を持つおじさんやおばさんが子どもをきちんと叱ったり誉めたりしてくれた」

「昔の子どもは原っぱで遊んで、さまざまな社会勉強をすることができた」

「昔の子どもはたくましくて、花粉症やアトピー性皮膚炎なんかほとんどなかった」

それはあんたが年寄りになって昔のことが全部よく見えるだけだよ、と思わず言いたくなってくる。昔だって、いやなことや不都合なことはたくさんあった。食べ物は不足していたし、寒かったし、海外に行ける人は限られていたし、不潔だった。確かにアトピー性皮膚炎はなかったが、その代わりに、小児麻痺とか日本脳炎とか結核とか病気はいくらでもあったし、幼児の死亡率だって今とは比べものにならなかったはずだ。

昔の悪いところを挙げていくときりがないはずなのに、良かったところだけを列記するのは卑怯だ。

だいたい、昔は良かったと懐かしがり、今を嘆いてみせて、どうなるというのだろう。子どもにしろ若い連中にしろ、今しか知らない。高度経済成長を大目標にして一心不乱に働いてきたのは当人たちなのに、そのせいで環境が破壊されたとか、現代人の心が荒廃したとか言ったってまったく説得力はない。モノだけがあって心がない時代、などとわけのわからないことを言う人が多すぎる。モノはあったほうがいいし、昔は心が荒廃する余裕がなかっただけだ。

女子高生が援助交際をすると、経済成長だけを考えて心の問題をなおざりにしてきた結果だなどと言う人がいる。少年が犯罪を犯すたびに、命の尊さを学ばせる心の教育が必要だと簡単に片づけられる。

命の尊さ、というのは、い・の・ち・の・と・う・と・さ、という単なる記号でしかない。命は尊いのだ、ということは、大人が実践しないと子どもには伝わらない。

米英のイラクへの空爆では死者が出たのにどうして日本政府は支持したのか？　命は何よりも尊いものではないのか？　と子どもに聞かれたらどう答えるのだろう。

□

最近、非ユダヤ&ユダヤの財閥・銀行の歴史を読んでいる。彼らの、金融にかける情熱はすさまじいものがあり、それは貨幣・通貨が国境を横断する重要なコミュニケーションツールであるという前提に立っている。

また日本の近代化の歴史も同時に集中して読んでいるが、若手の経済史研究家の新しい仕事が目立っている。日本人だってそう捨てたものではないことがわかる。それは、たとえば中世に伝わった鉄砲を、実物を見ただけでコピーして自分たちなりに作り上げたというようなことだ。そんな能力を持った国民というのはひょっとしたら日本人だけかも知れない。

近代化や経済成長には負の面もたくさんあるが、基本的にはいいことだったし、胸を張ればいいのに、と思うのだが、どうして卑屈になる大人が多いのだろうか。

経済は人間の精神に影響し文化となってしまう

1/26/1999
5:49PM

先日アナリストや為替ディーラーが集まる研究会に参加した。二十人ほどの小さな集まりで、ブラジルの通貨危機やユーロの今後やアメリカ経済失速の可能性などの他に日本経済の見通しについても議論が行われた。

「リストラなど、切実な体質改善を企業が実行していることもあり、今年末には景気回復の兆候が見られるのではないか」

などと発言するエコノミストもいた。本当だろうか、と研究会のあとで、個人的に質問してみると、いやあダメです、まったく回復の兆しはありません、とそのエコノミストが答えた。

「もうネガティブな発言にとことん飽きてしまって」

ということらしかった。

確かに不況がこれほど長く続くと、指摘したり分析したりすることにも飽きてしまうのかも知れない。だが、不況はさまざまな事実を明らかにする。不況は気分を沈ませるし、将来に対して不安になるから、それまではごまかしていたことについて考えるようにもなる。もちろん何も考えていない人も多いが。

□

たとえば日本的システムの代表だとされてきた終身雇用と年功序列だが、それは本当に今まで機能してきたのかという検証も行われるようになった。結論から言うと、終身雇用は大企業に限って実在した。しかし、大企業でも、統計によると、実際に終身雇用的な職場を確保していたのは、労働者の三〇パーセントに過ぎなかったということがわかっている。

「ジャパン・アズ・ナンバーワン」などと言われていた時代、アメリカやイギリス政府、民間のシンクタンクは日本の驚異的な経済発展の要因となっているシステムについて研究した。

戦前すでにかなりの発展を遂げていてノウハウがまったくなかったわけではなかったこと。競争を阻害していた財閥を解体し、ソニーやホンダのような起業家が誕生したこと。労働力が豊富で、教育水準が高く、インフレ率が低く、貯蓄率が極めて高かったこと。敗戦で技術の重要性を厳しく認識したこと。そして経済成長を輸出にゆだねたこと。

その報告には終身雇用という要因はない。前述したように、統計的にも実態としての終身雇用は存在していなかった。日本ではとりあえず終身雇用が前提となっている、というくらいの曖昧な制度でしかなかった。

それではどうして終身雇用が日本的システムを代表するもののようにいまだに語られているのだろうか。

その理由はおもに二つ考えられる。ひとつは、終身雇用が、日本企業の甘えの弁明として利用されてきたということである。輸出企業は国際的な競争にさらされたが、たとえば金融界やゼネコンのように談合や護送船団方式といった庇護を受け甘えが許されてきた業界も多い。そういう業界が過剰労働力を抱えていたのは、単に経営が放漫だっただけだ。どんな不況のときでも日本企業は会社の利益を度外視して大量のリストラだけは防いできました、という美談を捏造するためには、終身雇用という幻想が必要だったのである。

終身雇用が日本的システムの代表として語られる二つ目の理由は、悲観主義者の懐古によるものだ。共同体に奉仕するだけで利益を得てきた連中は没落の危機に瀕している。彼らにとっては、終身雇用の幻想は既得権益の象徴になってしまっている。つまり、実態としては存在しなかった終身雇用は、日本人の共同幻想（おお、懐かしい言葉）としていまだに機能しているのだ。

終身雇用は「庇護」を基礎としている。また日本の庇護社会が、終身雇用という幻想の制度をその拠り所にしてきたとも言える。いつの頃からか、終身雇用は実態としての雇用形態ではなく「文化」となった。

□

まったく新作を書いていない作家が、新人文学賞の審査員などを務めることで生き延びていく理由もこれではっきりする。文壇も、終身雇用幻想という文化を取り入れているのだ。芥川賞やその他の新人賞を取ったルーキーがもてはやされるのも、それは終身雇用幻想の内部への新入社員のような存在だからだ。芥川賞が昔ほどインパクトを持たなくなったのは、終身雇用幻想が崩れようとしているからだ。

また小説家は、賃金・原稿料を巡っての競争を免れている。年功序列で、年を取ればそれなりに少しずつ原稿料は上がっていくが、基本的には一律である。他の業界では信じられないだろうが、ソフトの値段が一律なのである。もちろん、海外製品との競争にも参加する必要はない。

作家対文壇のような、個人対所属共同体だけではなく、個人対個人でも終身雇用幻想は機能している。

終身雇用幻想が機能する共同体では、「庇護」されることが最も重要になる。あらゆる共同体の内部では、もっとも庇護されているのは誰かという競争はあるが、能力による競争はない。自主性や主体性、それに独創性といったものは、最初から排除される。それらは終身雇用幻想の最大の敵だ。

これまでの既得権益が大きかったものほど終身雇用幻想を強く持っている。中高年の離婚の増加は、男と女の幻想の度合いの強弱によるものだ。

結婚してしまえば、コミュニケーションの充実など考えることはないと思っている男たちはいまだに多い。

一回セックスをすれば、女は「従う」ものだと勘違いしている男もいまだに多いようだ。子どもは無条件に親に従うものだと思いこんでいる父親だってたくさん残っている。

□

経済は人間の精神に影響し文化となってしまう。狩猟民族に貯蓄という概念がないのと同じで、終身雇用幻想を文化としている国では、たとえば「個人」とか「リスク」とか「インセンティブ」といった概念がない。個人がリスクを受け入れるという言い方は、終身雇用幻想の規範から外れることだけを意味する。

「主体的にリスクを負う」ということをほとんどの日本人は理解できない。それは単に無謀と同義語になってしまう。

今の日本では、よほどの既得権益を得ている場合以外、終身雇用が象徴するものに守られることはない。幻想が壊れようとしているのだ。そのことに危機感を持っている人は非常に多い。彼らは没落していく不安を抱いている。その不安が幻想をさらに強化する結果にもなっている。不安を抱く人たちは、終身雇用というシステムが実態として存在していて今やそれがグローバリズムに取って代わられようとしている、などという嘘をつく。

欧米のような冷たい競争社会になっていいのか、などという恥ずかしい嘘をつく人もいる。グローバルスタンダードと終身雇用幻想を対立させること自体が間違っている。終身雇用幻想が崩れたときに、わたしたちがどのような社会を選び、受け入れるのかは、モデルとする国がないために、誰にもわからない。対立ではなく信頼をベースに経済活動をしてきた日本の利点は残るかも知れない。

競争社会は、能力を磨く社会であって、他人を蹴落とす社会ではない、とわたしは思っている。

実態と幻想のギャップがたとえば子どもたちにストレスを与えている。いくら努力しても、庇護してくれる共同体なんかすでにどこにもないことを、子どもたちは日々実感している。

だが聞こえてくるアナウンスは幻想を引きずるものばかりだ。終身雇用幻想に代わる新しい考え方が浸透するには、長い時間と努力が必要になる。そういう努力の果てに、個人とかリスクとかインセンティブという概念が定着する。

幻想は本当に消滅するだろうか。これまでの既得権益が大きい層は幻想を手放そうとはしないだろう。それが幻想であるということにも気づかないかも知れない。

誰も競争社会というものをイメージできていない

2/28/1999
10:44PM

小渕首相が諮問・招集した経済戦略会議の最終答申がまとめられた。答申の最後には、「おわりに」という項目があり、そのさらに末尾は「国民一人一人の意識の変革が必要である」みたいな感じで結ばれていた。

中長期的なビジョンを含む経済の戦略がこれほど簡単に決まるものだろうか、という素朴な疑問もあるが、「国民一人一人の意識の変革」が日本経済の変革にとって重要であるということについては、その通りだと思う。

ただ、意識の変革は簡単ではない。実は、もっともむずかしい文化的な問題だ。日本経済の危機は問題の根の深さにおいて、よくロシアと比較される。資本主義市場の発達の度合いやGDPなどでは両国は比べものにならない。共通しているのは、長い年月の内に根付いた国民の「意識」という点だ。ロシア人にも日本人にも世界市場や競争という概念が希薄で、そのことが変革や改革の障害になっている。ロシアはほとんど一世紀にわたって資本主義の考え方を放棄してきた。資本から利益を生み出すという考え方が数世代にわたってロシア人から失われたのである。

□

同じように、この国では、戦後から数えて五五年、開国からだと百三十年間、ある種の閉鎖的状況が続いたので、その間に深く根付いてしまった意識・考え方を変えるのはむずかしい。ほとんどの外国人は、日本に特有の「庇護社会」というものに気づいていない。それは、経済のシステムというより日本文化に関わること、日本人の精神のシステムに関わることだ。だから日本人の意識の変革について外国人からの言及は少ない。日本の経営システムの特殊性は知っていても、そういった日本人の特殊な精神的システムを知っている外国人は少ないからだ。

繰り返すが、国民一人一人の意識を変えるのは非常にむずかしい。非常にむずかしいことを、経済戦略会議は最後の一文で簡単に済ませている。もちろん、人間の意識は経済的な状況で決定されるから、日本経済の変革が達成されれば、いずれ日本人の意識も変わっていくだろう。とは言うものの、国民のコンセンサス抜きの変革というものが可能かどうかはわたしにはわからない。可能だとしても、非常に効率が悪いものにならざるを得ないだろう。

大切で困難なことを、鳴り物入りで集められた経済戦略会議が最後の一行で簡単に済ませるというところに、今の日本の限界が見える。経済戦略会議の最終答申がこれまで内外でなされてきた政策論の総花的な寄せ集めにすぎないということもわかる。だが、わたしは経済戦略会議の結論を批判しているわけではない。今の日本の経済的知性の提言はせいぜいあのくらいのものだろうし、あの提言の中には傾聴すべきこともかなりあると思う。

根の深い問題は、経済戦略会議が、「国民一人一人の意識の変革」を簡単に行えると考えているところにある。実はそういう考え方そのものが、経済戦略会議が「脱すべきもの」として捉えている近代化途上の価値観の象徴なのである。文化的危機感のなさにおいて、少年の犯罪や自殺の増加に対し、「心の教育を」と言うのと本質的には変わるところがない。「国民一人一人の意識の変革」を、実行するためには、ありとあらゆる機会を捉えてアナウンスする必要がある。雑誌、新聞記事の作り方、小説、テレビの番組、ドラマ、映画からポップミュージックの方法論、スポーツ報道の姿勢から教育システムまで、何らかの形で変わっていかなくてはいけない。

□

明治の開国にあたっては、たとえば福沢諭吉のような人が「脱亜入欧」みたいなことを説いたりして、官民一体となったプロパガンダが行われた。わたしは「脱亜入欧」というスローガンに感心しているわけではない。どちらかといえば嫌いだ。明治時代には、たとえその内容が間違っていたにせよ、とりあえずさまざまな形でプロパガンダがあったということだ。

たぶん明治の開国時には今では考えられないような危機感があったのだろう。アジアの国々が次々と西欧列強の植民地になっていくのを目の当たりにしたわけで、日本はもっとも基本的なインフラの整備や通貨や憲法の制定から始めなくてはならなかった。

現在はどうだろうか。景気が低迷して倒産やリストラが頻発しているので、メディアを始めとして不安は抱いているようだ。ただ、危機感を持っているようには見えない。危機感を持っているときには、自分なりの戦略が必要になる。自分なりの戦略、というものを社会全体が探そうとしているときには、そういった然るべき「風潮」が生まれるものだが、少なくともメディアのどこをとっても、そういう傾向は見ることができない。

□

前回のこのエッセイを、わたしの読者が作っているウェブサイトに転載した。その中に、「競争社会は、能力を磨く社会であって他人を蹴落とす社会ではない」というような一文があった。わたしの読者だと思われる一人から、反論めいたものがあった。「競争社会というのはやはり他人を蹴落とす社会だ」というような反論だった。

誰も競争社会というものをイメージできていないように思える。経済戦略会議は「健全で創造的な競争社会」という表現をした。何のことなのかまったくわからない。「不健全で破壊的な競争社会」というものが存在するのだろうか。競争社会に種類はない。あくまでも競争社会とそうでない社会があるだけだ。

これまでの日本の社会では、ある集団や企業や学校に入るまでが勝負だった。今でもそういう傾向は露骨に残っている。入ってしまうと、ほとんど競争はなかった。与えられるのはポストだけで、報酬はほとんど変わらなかった。

わたしは作品を作るとき競争を意識している。作品の質はもちろん、どれだけ幅広いテーマとモチーフを書くことができているか、「現代」を描きながらどれだけの普遍性を獲得できているか、そして商業的にどのくらい普及し利益を上げているか、海外のマーケットではどういう評価をされているか、そういったことである。

□

だが、競争を意識するということは、他人を蹴落とすことではない。わたしには他人の作品を批判・非難するような時間的余裕はない。それは小説家に限らないだろうと思う。たとえば他社とのコンペに勝とうとしている代理店の制作チームにしても、社内で企画競争をする各グループにしても、本来の競争原理が働いている限り、他人を蹴落とすような余裕はないはずだ。

結果として敗者が「蹴落とされる」ように見えるのは、非競争社会の幻想である。わたしたちの社会はこれまで画一的で従順な労働者を何よりも必要としてきた。そのために平等が謳《うた》われ、あらゆる機会を捉えて競争は悪だというアナウンスが行われた。

そういうやり方は、産業インフラが整っていないような近代化途上ではもっとも効率的なものだった。競争をフェアに監視する機関も人材も必要ないし、みんなが同じことを考え実行すればよかった。

今は違う。競争は必要で、そのためにはこれまでの価値観の大転換が不可欠だ。入学してから、入社してから、本当の競争が始まる、ということだが、そういった概念を持つのは簡単ではない。

また長く続いた非競争社会の弊害はさまざまな文化的領域、つまりコミュニケーションの中にも溢れている。たとえば日本人は結婚してしまうと男女とも努力をしなくなる傾向がある。友達になってしまうと甘え合うという特徴もある。「あいつは友達なのだからこれくらいのことはやってくれるだろう」みたいなことだ。

友達というのは大事な存在なので、充実した関係を維持するためには実は大変な努力が必要だ。本当の友達には「馴れ合い」が許されないのだが、そういう大切なことが非競争社会では曖昧になってしまう。

非競争社会では、甘えが横行しやすい。媚びへつらうこと、卑屈な態度でひたすらに従属すること、威張ること、贈賄、収賄、接待、告げ口など、それらはみな非競争社会の甘え・庇護の体質がもたらすものだ。

わたしは実は日本経済の回復などにはまったく興味はない。それがどのような文化的影響をもたらすのかに注目したいだけなのだ。

戦争には莫大な金がかかる

3/29/1999
4:33PM

　メールメディアというメール配信サービスを始めた。いわゆるメールマガジンの一種だが、わたしが編集長で、柱は金融・経済だ。金融・経済は、日本的なシステムの機能不全を考えるときに象徴的でわかりやすい。日本的システムの機能不全を病巣にたとえるときに、金融・経済の分野においてもっともはっきりと膿が出ているということだ。明白な症状を見ることができる。

　文藝春秋に連載している作品の取材で、数人の金融マンに会った。彼らとのネットワークが広がっていって、メールメディアのアイデアが生まれた。メールメディアにおける金融・経済問題のメインテーマを、わたしは「日本経済の回復」にした。

　景気はすでに回復しつつあるという説もある。九五年の初めに回復軌道に乗っていたのに、消費税の税率アップでまた下降サイクルに入り、その後のボトムは昨年末だったという説だ。

　景気は消費が戻ればほぼ回復する。消費は戻りつつあるという見方もある。にもかかわらず企業収益が上がらないのは、その企業の存在そのものに問題があるということだ。

たとえば買収価格が高すぎたホテルがあるとする。従業員が多すぎるホテル、あるいは従業員の賃金が高すぎるホテル、狭い地域に競合する同業者が多すぎるホテル、または資本参加したゴルフ場が巨大な短期負債を抱え込んでいるホテルでも同じことだが、要するに、どんなにがんばっても永久に収益は上がらない。現状のままで収益を上げるためにはシングルルーム一泊の室料を十五万円に設定しなければいけないとすれば、そのホテルはもう終わりだ。

従業員が多すぎるのなら、リストラをしなければならない。従業員の賃金が高すぎるのならば、リストラをした上で、減給する必要がある。だが資本参加したゴルフ場が巨額の負債を抱え込んでいたり、そもそも買収価格が高すぎたりした場合には、救済策はない。速やかに潰して競売にかけ、適切な値段で買い取った新しい経営者が利益を上げていくしかない。

□

日本の金融・経済が疲弊し、日本的なシステムが機能不全に陥っているというような考え方は、わたしに曖昧な希望を与えた。グローバリズムとのせめぎ合いによって、わたしが嫌いな日本的システムが変化するのではないかと思ったからだ。

だが、考えてみればシステムがそう簡単に変わるわけがないし、そもそも日本的システムというものの定義が厳密ではない。

たとえば日本的雇用の特徴として必ず挙げられる終身雇用だが、はっきりしたことがわからない。終身雇用の定義そのものも曖昧だ。日本では、労働者の企業間の移動は比較的少なく、終身にわたって同一企業に雇用される例が多く見られるというような表現だったら可能だろう。

問題は他にあるような気がする。それは、日本的、とか日本、と限定してしまっていいのか、というようなことだ。日本経済を日本の中だけで考える時代はとっくに終わっているのに、どうしても日本経済が単独で取り上げられることが多い。

中国が元の切り下げをしたらどうなるのか、よくわからない。アメリカの株が暴落したらどうなるのか。日本が財務省証券を売っ払ってしまったらどうなるのか、本当に世界恐慌・大規模な信用の収縮が起きてしまうのか、はっきりと把握している人はどうも誰もいないようだ。

それと、経済はすべてに関係しているのに、どうしてそのことが言及されないのか、という疑問もある。たとえば、北朝鮮のミサイルに対する防衛論議や日米防衛協力の新指針でも、お金の話は出ない。

戦争には莫大な金がかかる。十九世紀のメジャーな銀行は戦争のための債券を引き受けることによって巨大になった。日清戦争でも日露戦争でもアメリカの南北戦争でも欧州のクリミア戦争でもとにかくまずお金を確保しなければならなかった。防衛や戦争の話をするときにお金の話題を出すのはまるでタブーのようだ。マクロ経済と無縁の防衛も戦争もあり得ない。

□

先月は確か競争社会について書いた。それではこれまで日本は競争社会ではなかったのか、という疑問もある。日本では、就職したあとも企業内で激しい競争が行われた、という説もある。競争社会が到来するのなら、そのルールを決めるべきだ、という意見もある。セイフティネットについても論議が盛んなようだ。市場原理における競争社会のセイフティネットとはどういうものだろうか。企業は優秀な人材が欲しい。人材を選別するのにもコストがかかる。

学歴を第一の基準にすると、極めて低コストで人材を選別できる。今、セイフティネット構築の議論で盛んなのは、語学とコンピュータの知識を職業訓練として課す、くらいのことでしかないような気がする。

これからのサラリーマンにはスキルと知識が問われるといっても、どういうスキルと知識があればいいのかわかる人がいるのだろうか。必要なのはスキル、技術だ、とわたしも何度もエッセイで書いたような気がする。

だが、昔ながらのスキル、「資格」は残念ながらほとんど役に立たないような気がする。資格、つまり一級ボイラー技士とか大型二種免許とか、危険物取扱者とか、簿記二級とかそういうやつだ。それらの技術は、旧社会に属している。昔は、つまり高度経済成長期や公共事業主導型の経済発展期にはそれらが必要だったから、職業訓練所のメニューにも必ずあるわけだ。これからどういう技術にもっとも需要が多いのか誰にもわからないのではないか。

雇う側は、就職希望者のスキルと知識をどうやって確かめるのだろうか。たとえばハーバードのMBA取得者だったら少なくとも英語は使えるだろうとか、＊＊コンピュータ学院だったら、少なくとも表計算ソフトは使えるだろうとか、それくらいのことしかわからないのではないだろうか。

小学生にコンピュータに触らせインターネットに接続させて喜んでいるようなテレビのニュースも目立つ。当たり前のことだが、小学生からコンピュータに触っていればスティーブ・ジョブスやビル・ゲイツになれるわけではない。

市場原理が支配する競争社会のセイフティネットの本質は、幸福は金銭だけによってもたらされるのではないという価値観の浸透に尽きるような気もする。現在のトレンドを追うだけだったら、訓練が間に合わない。

つまり今コンピュータがもてはやされているからといってコンピュータを学習しても、絶対に間に合わない。スキルを得るための訓練には長い時間とコストがかかる。ボイラー技士や簿記は長い訓練を必要としない。だから今やそんなものに価値はない。

市場原理が支配する競争社会を生き抜くためには、特別に専門的な技術、つまり長い訓練を必要とするスキルと知識が必要になる。長い訓練に耐えるには、モチベーションの持続が必須となる。つまりそのことが好きでなければならない。語学だけをとってもそのことははっきりしている。

これをやっておけば競争社会を有利に生きられるかも知れない、というような動機ではとても長い訓練に耐えられないし、そんな人間は勝ち残れない。そういった浅はかな利害に基づいた動機付けが通用するほど市場は単純ではない。

さらに言えば、訓練にはコストがかかる。

つまり、現在の社会において、勝ち組に属していない人間の子弟は最初からハンディを負っている。訓練のコストを親が負えないからだ。

また、誰もが早い時期にモチベーションを持てるスキルと知識の対象を探せるわけではない。三十歳になってからそれを探そうとすると、それにかかるコストは増大している。二十歳でも遅いかも知れない。そういう風に考えると、競争社会の到来で受験戦争が終わるとは思えない。結局、学歴を得ることのほうがスキルを身につけるよりコストもリスクも低いからだ。縁故、つまりコネも相変わらず幅を利かすことだろう。

この経済の大停滞で、日本が大きく変わるかも知れないというわたしの予感は間違っていたのかも知れない。

わたしは労働者のことを心配しているわけではない

4/23/1999
6:43PM

この日本経済の大停滞の中、日本人の精神性を規定しているようなシステムの変化が訪れるのではないかという淡く曖昧な期待があったのだが、どうやら問題はそれほど単純ではなさそうだ。期待は裏切られそうな予感があるが、金融・経済は曖昧だったさまざまな問題がはっきりすることが多いので、本を読んだり、専門家と話すのが楽しい。

問題がはっきりするというのは、たとえばなぜ八〇年代の終わりからバブルが発生したのか、というようなことだ。バブルはすでにあまり思い出したくない過去のこととして語られることが少ない。バブルが実はどういう経緯で発生したのか、はっきりと把握している人は少ないと思う。もちろんバブルという経済現象はあの時期の日本だけのものではない。だが、すでに日本では終わったものとして片づけられようとしている。

バブルの発生は当時の金融政策と無縁ではなく、また金融の自由化とももちろん関係している。ただここでバブルの発生をおさらいしても意味がないので、省く。

その国の経済システムがその国民性にどの程度の影響を与えるかという問題は重要だし、わたしは非常な興味があるが、安易に推測してはいけない。金融・経済の問題を安易に文化の問題に収斂させてはいけないと思うようになった。

□

たとえば不良債権処理の問題でも「場当たり的行政」「問題の先送り」「隠蔽」などといった有名なキーワードが生まれたが、それを日本民族固有の制度的な問題にしてしまうと、焦点が曖昧になる。

「だから日本人っていうのはね……」

というような論議になったらそこで思考が停止する。

考えなくてはいけないのは、日本人特有のものの考え方などではなく、それがどのような制度のもとに育まれていったかということだ。まず精神性があるわけではない。わたしたちはどんなときにも経済活動をしなければならない。食物を得て、寝る場所を確保しなくてはならない。

その活動は地政学的にあるいは人口によって、歴史的にさまざまな制約を受けてきたはずだ。マルクスではないが、その制約と経済活動の質が国民性を形作っていくのであって、その逆ではない。

だからこの先日本の経済システムに変化があれば、日本人の精神性も変化していくはずだが、それは欧米型の競争社会が実現されるはずだから欧米のような国民性をわたしたちが持つようになるということでもない。

たとえば終身雇用というシステムだが、これが統計的にも確認された日本固有の制度かというと、そんなことはないという学者もいる。単なる日本的な慣行に過ぎないというわけだ。本当のところはわたしにもわからないが、日本人が一つの会社に長く勤めるという傾向があるのは確かだろう。

そんな雇用制度はなくなればいいと私は思っていた。永続的にその会社に勤めるという前提があるから、その会社に忠誠を誓わなくてはならない。派閥も考慮に入れて、ひたすら「長いものに巻かれる」必要がある、そう思っていた。もちろんそういう一面もある。

だがブルーカラーやノン・エリートのホワイトカラーの労働者は、終身雇用制度のほうが生活は安定する。職業選択に限りがある地方ではなおさらだろう。トヨタの下請け・孫請け労働者にとっては終身雇用制度はできれば将来的にも守ってほしいところだろう。しかし、終身雇用制度が制度として定着していたのは実は大企業のホワイトカラー及び熟練労働者だという指摘と統計がある。

これで終身雇用制度が日本にとって不必要であるばかりでなく経済成長の阻害要因となっているというコンセンサスができてしまえば、労働者の立場はますます弱いものになるだろう。クビをちらつかせて経営側は労働側を従わせようとする。現に、金融機関・企業などでは合併を口実に人員削減を武器にして賃金の圧縮を図るところが目立っている。

そもそも終身雇用制度は（他の制度や慣行もほぼ同様だが）「こういう制度が日本には理想的だから採用しよう」ということで普及したわけではない。労働側は自分の職をできるだけ長い間確保しようとして、経営側はできるだけ利益が上がるようにして、自然にできあがっていったものだという説が有力だ。たぶん双方の利益をある程度満たすものだったのだろう。

だから労働側が「終身雇用はわれわれが勝ち取った権利だ」というのもおかしいし、経営側が「労働者の側に立って雇用を守ろうとしてできた制度だ」と主張するのも無理がある。

とにかく終身雇用が崩れさえすれば日本人のメンタリティが変わるなどということは当分はなさそうだ。

今の日本の金融機関や非製造業の国際競争力のなさもよく指摘されるところだ。では、世界一とまで評される製造業はどうやって競争力をつけてきたのだろうか。

当然まず第一に技術革新が挙げられる。だが、その新しい技術に適応を求められた労働者のフレキシビリティと経営側の卓越した労務管理も忘れてはならない。経営側はまず昇格系統を細かく区切り労働者にインセンティブを与えようとした。つまり製造業が国際競争にさらされ始めたころに、社員の細かな等級や主事・参事・主管といったわけのわからないランクができあがっていった。

また、人事査定の方法もより効果的になった。時間外の自主的なサークル活動が一般的になってきたのもこのころだ。そしてこのころに「モーレツ社員」という言葉が生まれ、植木等主演のサラリーマン映画が人気を得たりしていた。

六〇年代から七〇年代の低成長時代に入ると、省エネルギーが提唱されるようになる。労働者は産業用ロボットに代表されるように新しい技術に「適応」しなければならなかった。日本の輸出が伸び、円が強くなるにつれて国際競争はさらに激化した。

経営側は、労働者のノルマを上げ、配転、単身赴任、出向といった労務対策でとりあえずは終身雇用を守ろうとした。

□

経済戦略会議や産業力競争会議では「横断的な労働市場」ということが言われている。それは労働市場の改革という謳い文句だが、国家事業的にリストラを断行しようという風にも聞こえる。

わたしは労働者のことを心配しているわけではない。終身雇用という慣行の終焉が新しい日本的価値観を生むかも知れないという期待をした自分が浅はかだったと思っているだけだ。

話題は唐突に変わるが、金融・経済で一人勝ちを続けるアメリカで、また少年たちによる銃の乱射事件が起こった。

アメリカは病んでいる、というような文脈では充分ではない。この乱射事件だけでアメリカ社会全体を批判しても正確性を欠くだろう。アメリカ型の経済システムを導入すればこういった事件が日本にもさらに増えることになるという安易な予想も間違っている。

先進国の子どもの心の闇、というような曖昧な指摘もイージーでわかりにくい。アメリカが何を失ったのか、という問いかけも意味をなさないと思う。

一昨年の神戸の十四歳のときにも感じたのだが、人間が自らを社会的に制御できるということは自明ではないということだ。そのために芸術から宗教、法制度、科学、スポーツなどが生まれてきたような気がする。

だから経済のシステムが変われば人間の精神は強い影響を受ける。わたしが今、金融・経済に関わっているのはそのことを確かめたいからだ。経済のことを知れば知るほど今までは自明だと思っていたことがわからなくなり、逆に霧が晴れるように明らかになることもある。

経済のメカニズムを知れば知るほど、巷に溢れている小説や映画やテレビドラマが現在の日本に必要かどうか疑問に思えてくる。それらの多くは、結果的に変化の痛みと矛盾をごまかすためのものばかりだからだ。

小説家は変化を記録する

この大不況を機会にこれまでの日本的なシステムが劇的に変わるのではないか、という期待があったのだが、問題はそれほど単純ではないようだ。

高校生が銃を乱射してたくさんの人を殺傷しているというのに、アメリカはNATOを主導してユーゴ空爆を続行している。先月はフランスとイタリアに行っていたのだが、比較的ユーゴ国境に近いイタリア・ペルージャでは夜になるとときどき爆撃機の爆音が聞こえた。アメリカの病理は興味深いが、他の国のことを考えている余裕はあまりないような気がする。関係がないという意味ではなく、日本について考えるべきことが多すぎるのだ。

たとえば、現在の世界状況をどう捉えるかというときに、国民国家という概念が世界的に希薄になっている、ということが前提になるのではないかと思う。冷戦の終了と、金融・経済のグローバル化で、近代に成立した国民国家という意識がさまざまな地域で失われつつある。国家による利益をあまり実感していない南の国々では、国民国家という共通の認識はも

5/24/1999
2:04AM

ともと少ない。世界はそういう意味で中世化しつつあると言ってもいいかも知れない。

そのことは二十一世紀半ばのサイバーワールドを舞台にした未来小説のテーマの一つだったのだが、時代の変化の勢いはわたしの想像を超えて速い。

□

統治レベルの強弱はあったが、日本はずーっと日本だったから、国民国家の意識や概念が希薄になりつつあるなどと言ってもわかりにくいと思う。ドイツはずっとドイツで、イタリアはずっとイタリアだった、と思っている人も多いのではないだろうか。

もちろんそんなことはない。ドイツもイタリアもたかだか百二十年ほど前に初めて統一されたのだ。それまではドイツは各領地に、イタリアは各都市国家に分かれていた。

イギリスだってフランスだってスペインだって基本的には同じようなものだ。それがどうして国民国家としてのまとまりが必要になったのかと言えば、近代的な工業社会をつくるときに、言語や文化、宗教が同質であるほうが効率的だったからだ。

農業中心の社会では、同質な国家共同体がどうしても必要だというわけではない。日本だって、明治までは幕藩体制という、独立採算制・地域主体の政治経済システムを採用していた。

工業化のためには、資本・労働力をできるだけ集中しなければならない。巨大な国家資本が必要で、徴税や資源配分のシステムにしても中央集権的であるべきだ。製品を大量に作り大量に消費する必要があるから、労働者は同じ言語を話し、同じ文化を共有することが望ましい。

要するに、もともと国民国家の概念や意識が大前提的に人類にあったわけではなく、必要とされたから生まれたわけだ。だから必要とされなくなると、その意識や概念はしだいに失われていくのは当然のことだ。

だったら「世界市民」になればいいじゃないか、ということになる。そしてその考えは間違っていないが、簡単ではない。

世界市民という概念が定着するためには、世界中が平等にその恩恵を受けなくてはならないが、そんな時代が来るわけがない。搾取する地域とされる地域の差はこれからもどんどん大きくなるはずだ。

□

話を日本に限れば、この国は近代化に異様にうまく適応した。ほぼ同質の文化と、ほぼ単一の民族という利点を最大限に生かし、大国との戦争も経験した日本国は、驚くべき団結力を見せて、戦後、世界史にも例を見ない画期的な経済成長を果たすことができた。

上質なものをより安く作り出すことにかけては、明らかに世界一だった。内部に多数の異民族を抱えているわけでもないし、深刻な宗教対立があるわけでもない。江戸から明治、戦争から戦後という流れの中で工業化・近代化は決して途切れることはなかった。

近代国家を支える官僚体制は、戦後にやっかいな陸軍が消滅して、その機能はフルに生かされた。工業化・近代化という歴史の局面では、日本は世界のどの国よりもうまく適応したということになる。

市場がグローバルになっていく局面では、金融機関・投資家・企業の利益は国家のそれとはこれまでのようには合致しない。競争に勝つためなら、企業はより安い労働力を求めるだろうし、金融機関や投資家はより高いリターンを求めて世界中に投資先を求めるだろう。

国家が個人に供与するサービスや利益がしだいに少なくなっていく。そうなるとアイデンティティの危機が起こる。これまでのように国家は守ってはくれない。プライドを与えてくれない。そういう予感は実はすでにこの国に充ちていて、それが反動的な歴史認識を生んだり、国歌や国旗を法制化しようという動きになって現れる。そういう人々は、国民国家の基盤が揺るぎ始めていることには無自覚に気づいているが、これからの戦略イメージが持てないために過去にすがらざるを得ないのだ。

たとえば欧州のような多民族、多宗教の地域では、EUのような、国民国家の上位に位置する地域連合の動きと、これまでは国民国家に「属して」いた民族、宗教的原理主義のような動きが加速する。人種や宗教のるつぼのようなバルカン半島や旧ソ連では内戦が絶えない状態がこれからも続くだろう。

□

ユーゴの状況を日本人は「なんて可哀相なんだろう」という目で見ているが、内戦を、アイデンティティを確保するための試行錯誤と考えれば、そういった危機感が日本人に皆無なことに気づくべきなのかも知れない。

つまり日本人は、国民国家を超えた広域的共同体へのイメージも持てないし、これまでは国家に属していてこれからは自分たちのアイデンティティを確保してくれるかも知れないという個別の地域性や民族性や宗教も持っていない。

日本人はこれまで国民国家という概念や意識とあまりにもうまく適合してきて、その利益も享受してきた。今さら、その意識や概念から離れて「個人」を育てるといっても、享受してきた利益が大きい分だけむずかしいに違いない。

これまでこのエッセイの中で、「日本人」という書き方をしてきたが、そういうカテゴライズが無意味になる時代がすぐそこに来ているのかも知れない。

「長引く不況が続く中で日本人は」みたいな言い方も意味をなさなくなるかも知れない。現に、不況下の日本で大儲けしている会社や個人はいっぱいいる。日本という全体的な状況の中にいる人が、日本人というだけで全員一律に利益を受け取る時代が終わろうとしている。旧態依然とした文脈の範囲でしか経済活動ができない人にとっては、そのことは恐怖だろう。

景気が回復しても(たぶん以前のようには簡単に回復しないだろうが)、日本人全員が幸福になることはない。また国が、個人のモデルを提示することもない。もはやわたしたちは幸福に生きることのできる日本人のモデルを提示できません、みなさんがそれぞれの現場で個別に考えて下さい、というようなことを政府が繰り返しアナウンスすべきなのだが、今の政治家には国家の概念や意識が薄れていくという危機感がないので、無理だ。

たとえば今こうやってわたしが書いているようなエッセイでは、それでは日本人はこれからどうすればいいのか、というような結論を求めがちだった。啓蒙するにせよ、檄を飛ばすにせよ、説教するにせよ、日本人としてのモデルを提示するのが常だった。

もうそんなことは意味がない。その個人の経済活動がこれまでのように日本的に閉じられた顕在的市場だけを対象にする場合、つまり日本は世界の一部であって特別に特殊な共同体ではないという認識と無縁な場合は、すでにとっくに統一されている巨大な潜在的市場から相手にされなくなるだろう。

明治維新よりも、戦後よりも大きな変化の中にいる、という考え方にわたしは賛成だ。わたしはその変化を見届けられる世代に生まれたことを幸運だと思う。

愛する中上健次はその変化を体験せずに逝ってしまった。

小説家は変化を記録する。

（参考資料『二十世紀をどう見るか』野田宣雄　文春新書　文藝春秋）

わたしたちはものすごい量の金を持っているのに、それを使っていない

6/30/1999
4:18PM

キューバへ行ってきた。一年ぶりのキューバは新しい空港ビルができていたりして変貌していた。キューバへ行って帰ってくると、日本の不況が異常なことのように思われる。キューバは、最初に訪れた九一年当時に比べると、物資の不足が緩和されているように見えたが、それでも日本とは比べることはできない。絶対的に外貨が不足しているからだ。

それでは日本はどうかというと、九七年末で、対外純資産残高は九五八七億ドルもある。G7でこれに次ぐのは、ドイツの九二七億ドルだから、日本は二位のドイツの約十倍の対外純資産を抱えていることになる。対外純資産というのは、対外的な純資産残高から負債残高を引いたものだ。外貨準備、援助、邦銀の対外融資、日本企業の直接投資が対外資産と呼ばれる。

日本は稼いだお金を使わずに外国に投資したり、貸したりしているということになる。要するに、今は使い道がわからないので、将来的な消費を現在の消費よりも重視しているとい

うことだ。ケチということもできるし、堅実だということもできるだろう。

わたしたちはものすごい量の金を持っているのに、それを使っていない。現状は不況として認識されているわけだが、今の日本をキューバ人が見たら、どこが不況かわからないというだろう。ガソリンや食料品の配給の長い列もできていないし、失業者が外の通りにあふれているわけでもない。

もちろんガソリンや食料品の配給に長いラインができるというのはもはや不況というレベルではないのだろうが、それにしても、景気の回復ということがまるで国家の目標みたいになってしまった。

GDPは約五〇〇兆円で、それを〇・五パーセント上昇させるのが九九年度の政府の目標になっている。つまり、二・五兆円だ。人口で割ると、九九年度中に一人二五〇〇〇円余計に消費すればいい計算になる。

経済活動というのはもう少し複雑なのだが、それにしても消費が回復すれば、景気はあっという間に回復することだろう。なぜ日本人が消費を控えているかといえば、将来が不透明だから、ということになる。

やはりどういう風に説明しても、キューバ人には理解できそうにない。日本人は確かに金持ちだが、将来が不安なので金を使わないのだ、とでも言うしかない。アメリカから経済封鎖を受けているわけでなく、民族紛争を抱えているわけでなく、他国からの侵略の危険もなさそうなのにどうして将来が不安なのだ？　とさらに聞かれると、答えようがない。

不況だと言っていれば痛みを伴う構造的な改革を先に延ばせるから不況なのだ、とでも言うしかないが、革命を果たしたキューバ人にそんなことを言ってもわかってもらえるわけがない。彼らは既得権益を持った支配者層を実力で駆逐したのだ。

□

もちろんキューバを引き合いに出して、日本の不況を論じるのは無理がある。しかし日本一国だけの経済的な推移で不況を語り続けるのも無理があると思う。不況だと大騒ぎするわりには、過去のどの時期と比べてどのくらいの割合で景気が悪いのか、それをどの程度の水準に戻せれば景気の回復と言えるのかという基準のようなものがわからない。まさかバブルの頃を基準にするわけにもいかないだろう。

去年から日本の金融経済について取材を始めたのだが、わかってきたこととますますわからないことがあり、主観的ではない視点というものがいかにむずかしいかということも考えるようになった。このエッセイでも繰り返し書いてきたことだが、現在の不況をわたしは自分の考え方に都合のいいように捉えようとしてきた。

つまり、この不況を契機に日本的なシステムというものが変わらざるを得ないのだろうと思ってきた。個人が集団に最初から従属するようなシステムが世界経済からの圧迫で変革を余儀なくされるのではないか、という期待があったのだ。日本に個人が誕生するかも知れない、などという期待もあった。

もちろんそういう傾向がまったくないわけではない。今のところ、ひょっとしたらこの不況を契機に本当に日本的なシステムが少しずつ変わっていくかも知れないという思いと、既得権益を握っている層が急に死に絶えることはないのでこの中途半端な状態はだらだらと長く続くだろうという思いが交錯している。

ドラマティックにすべてが変わることもなく、何も変わらない状態がずっと続くということもない、というのが正しいのかも知れない。ただ、そういう風に日本的なシステムのことを考えていくときに、わたしが陥りやすいのは、日本という国が特殊であってしかも欧米に比べて大前提的に遅れている、という先入観である。

と、ここまで書いてみて、微妙に違うことに気づいた。まず「日本」という風に括ってしまうと何かが違ってくる。

今、小熊英二という人の本を読んでいる。『単一民族神話の起源』と『〈日本人〉の境界』（いずれも新曜社）だが、圧倒的に刺激的だ。近年こんなすごい本には出会ったことがない。

二冊とも大著なのでここでその内容を紹介するのはむずかしい。小熊は膨大な資料を駆使して、単一民族という「神話」や、「日本人」という概念の変化を検証していく。

今、日本で個人という言葉を使うと、ある罠にはまるが、そのことを小熊は簡潔に指摘している。

「……このような集団観においては、まず個人があり、それがあつまって集団ができるとはされない。まず集団があり、そこからの疎外現象として〈個人〉が析出されるのである。そのため、集団の本流はつねに中心のない〈みんな〉であり、〈個人的意見〉はつねに傍流とされる。」(『単一民族神話の起源』最終章より)

わたしが常に問題としてきたのは、小熊が言うところの「集団」である。「日本的共同体」や「イエ」などと呼ばれることがある。わたしはその集団の概念を日本的システムなどと書いてきた。その集団の概念の起源はいまだにはっきりしていないらしいし、それが日本人の生まれながらの本質などではないことは世界中の日系二世や三世を見ればわかることだ。その集団の概念は、人為的に、つまり法制度によって作られてきたものだろう。

□

その集団の概念が日本人の生まれながらの本質などではないにしても、世界的に見て特殊だということは言えるかも知れない。わたしはどういうわけか、その集団の概念に対し大前提的な嫌悪と恐怖を持っている。

さまざまな言説の中で、その集団の概念が強化されるような考え方には反発するし、その概念が弱まりそうな状況をつねに期待していた。

この現在の不況が、集団の概念の衰退につながることをわたしは期待していたし、今も期待している。しかし、そのことは現在の不況を、自分が望む「集団の概念の崩壊」につながるものとして考えればよいということではない。

日本にいまだ個人の概念がないということは、個人の文脈で考え方を構築することができにくいということを意味する。つまり個人という文脈が存在しないということだ。この国ではいまだに個人を集団からの疎外現象としてしか捉えることができないのである。

小説は論文とは違う。集団の概念が持つ矛盾を物語の中で析出することは可能かも知れない。だが、それが可能だと大前提的に思ってはいけないのだろう。むしろその不可能性を常に意識していなくてはいけないのかも知れない。

集団の概念の中には、その集団が永遠に存続するという前提がある。その前提は、たとえば日本の近代文学はすでに終わっているかも知れないというような疑問を最初から無視することを可能にする。集団の概念が永遠なものであるという前提がある限り、たとえば小説も永遠に再生産されていく。

それは洗練とマニエリズムを生むが、本当にその小説が必要かどうかという問いは決して生まれようがない。小説として表現すべき情報がなくなるわけがないという前提がこの国にはある。もちろんその前提は間違っているが、小説として表現されるべき情報がないにも関わらず小説を生産することへの恥の意識も当然ないので、その間違いは永遠に気づかれることがない。

小説はそのように曖昧だが、金融経済はシビアであると、とりあえずわたしは思いたい。集団の概念は、政治的にではなく、経済的に崩壊するだろうという予感がある。

「きっかけは別にありません」

7/27/1999
7:22AM

『あの金で何が買えたか』という絵本を出した。バブル後の不良債権問題をかわいらしい絵で表したものだが、こういう説明をしてもわからないだろうな。

要するに、一〇〇〇億円というのはどのくらいのお金で、その金が手元にあれば何が買えるのか、ということをわかりやすく示そうという絵本なのだが、かなり売れていて、例によって雑誌やテレビからインタビューをたくさん受けた。

デビュー以来、数え切れないほどインタビューを受けてきて、ずっと気になっていることがあった。インタビューの最初の質問がほとんど同じで、それは、きっかけについて聞かれるということだ。

「不良債権に興味を持たれたきっかけは何ですか？」

「金融経済を扱うメールマガジンを始めたきっかけは何ですか？」

「インターネットの有料ページを始めたきっかけは何ですか？」

「援助交際を小説のテーマに選んだきっかけは何ですか？」

「キューバ音楽にはまったきっかけは何ですか？」

「サッカーの中田選手と知り合われたきっかけは何ですか？」

「坂本龍一さんのオペラのテキストを書かれるようになったきっかけは何ですか？」

どうしてきっかけについて聞くのだろう、とずっと不思議で、きっかけについて答えることにずっと抵抗があった。

最近、わかったことがあって、先月くらいからきっかけについて聞かれても答えないようにした。

「きっかけは別にありません」

そう答えると、インタビュアーは驚いて、困惑する。何かを新しく始めたり、誰かと知り合ったり、誰かと共同で仕事をすることに「きっかけ」は本当に必要なのだろうか。そもそもきっかけとは何なのだろうか。

英語だとたぶんチャンスとかオポチューニティということになるのだろうが、日本語の「きっかけ」はもっと多義的だ。単なる機会ではなく、好機というニュアンスもあるし、端緒というニュアンスもあるし、スタート時という意味もあるし、手がかりのような意味合いもある。そして、そのようなニュアンスの背景には例によって日本的な共同体の影がある。

きっかけを掴む、という言葉には、肯定的なニュアンスがある。転落のきっかけを掴むという言い方はない。成功のきっかけを掴む、というポジティブな表現が普通だ。出会いのきっかけはあるが、別れのきっかけはない。喧嘩のきっかけという言い方は不自然だが、仲直りのきっかけという言い方は普通だ。きっかけはそのあとに何かが始まらなければ成立しない言葉で、単なる原因ではないのだ。

切っ掛けと書くようだが日本語ではその言葉の語源にはほとんど意味がない。都合がいいようにニュアンスが変化するのが日本語の特徴だからだ。

ついでに言えば、日本語そのものにご都合主義の責任があるわけではない。使う人間がご都合主義だから言葉が過分なニュアンスを背負い込んでしまうだけである。

□

日本語で建前と本音と言うときに、それは誠実とか誠意に関係がなく、自分の利益を隠すか隠さないかの違いでしかない、という指摘をしたのは片岡義男だった。

本音で接するというのは相手に誠実に接するという意味ではなく、自分の利益となることを正直に伝えるということだ。したがって、本音には必ず甘えが含まれているし、本音の中には差別意識などが隠されていることが多い。

きっかけという言葉にはネガティブな要素がなく、しばしば「そもそもの」という前置詞がつくことが多い。しかもそれは単なる原因や要因でもなく、機会でもなく、曖昧な多義性がある。そもそものきっかけ、という言い方がインタビューの枕詞として機能してきたのは、日本的共同体にとってきっと都合がよかったからだろう。

つまりポジティブな達成や出来事には、必ず「そもそものきっかけ」が必要なのだ。そもそものきっかけが、何かを覆い隠しているのかも知れない。

たとえばビル・ゲイツにベーシックのプログラムを作ったきっかけを質問する不自然さを想像してみるとはっきりする。ビル・ゲイツにはそんな質問はできないだろう。

「興味があって楽しくひょっとしたら金になるかも知れないと思ったから」

ビル・ゲイツはそう答えるだろう。

きっかけに関する質問は、他人との出会いや交友や交際や結婚にも有効だ。

「お二人が知り合ったそもそものきっかけは何ですか？」

「お二人が親しくなったそもそものきっかけは何ですか？」

作家とサッカー選手というのは友人としては異質な組み合わせだが、たとえばイタリアで中田と一緒にいるときに誰も「そもそものきっかけは？」などと聞かない。日本では必ず聞かれる。

そもそものきっかけ、はどういったものを覆い隠しているのだろう。

まず、成功者は努力して成功する、という真実を覆い隠すことができる。才能のある人間はチャンスを摑むことができる、という事実も覆い隠すことができる。また魅力のある他人と親しくなるためには自分のほうにも魅力が必要だ、という事実も曖昧にできる。

そもそものきっかけ、というものは、特別な才能や努力がなくても基本的に誰にでも手に入るもので、それはそのへんに常に転がっていて、成功しなかった人はそれを手に入れる気がなかっただけ、というニュアンスとアナウンスは、人生の敗残者たちにとって貴重だ。自分にとって個人的に興味のあることを探し、その分野で努力を続けて成功を目指すことはこの国ではあまり歓迎されない。そういう人間が増えると困ることがあったのだろう。

そもそものきっかけ、さえあれば誰だって成功できるし、誰だってすてきな人とつき合うことができる、というアナウンスは、突出した個人などいないのだ、という安心感を与えてくれる。インタビューなどでは、そもそものきっかけのあとに、他人とうまくやっていくときの「苦労」があり、ものごとをうまく処理する「秘訣」があって、最後に「みなさんのおかげです」というだめ押しがあれば文句なしだ。

□

そもそものきっかけ、はこの社会にとって極めて重要だが、それは経済的利益であってはならない。

「不良債権の絵本を作ったそもそものきっかけは何ですか？」と聞かれて、売れると思ったからです、と答えてはいけない。欲深い人間と思われてしまう。

個人でリスクを取りそれを経済的な成功に結びつける人はこれまで疎まれてきた。これまで何度も書いてきたようにそもそも個人という概念が希薄だった。個人という言葉そのものが、集団から疎外され、集団と対立するものとして初めて浮かび上がってくるものなのだ。それは、きっと異質な他者という存在を、歴史的に意識せずにすんだということも大きいだろう。

異質な他者というのはたとえば今のオウム真理教の信者のような存在だ。彼らは忌み嫌われていて、わたしも大嫌いだが、彼らはどう考えても日本人だし、今の法律では日本のどこかに住む権利を持っている。自分の村や町にオウム真理教の信者が住むことが不安だったら、彼らを皆殺しにするか、彼らと徹底的に話し合うか、二つしか方法はない。二百年前だったら彼らをどうにかして隔離できただろうが、現在は無理だ。

異質な他者という存在を認めた後に、初めて個人という認識が生まれ、その中での競争という意識が生じて、リスクテイクという概念も発生するのかも知れない。ひょっとしてリスクテイク社会が実現すれば、そもそものきっかけ、という紋切り型の質問も自然に消滅するだろう。

日本人は「満州国人」になりたくなかった

8/30/1999
6:27AM

『キメラ・満州国の肖像』（山室信一・中公新書）という本を読んだ。満州国の生成から消滅までを豊富な資料を使って描いたものだ。その中にいくつか印象的な部分があった。

満州国は「五族協和・王道楽土」という有名な理念のもとに建設が進められた。五族とは、蒙古、満州、漢、朝鮮、日本の五つの民族のことであり、王道とは、強権をもって従わせることなく慈愛をもって民衆に接するというような意味である。

ちなみに欧州の支配形態を当時の日本は覇道と称していた。民族が違うわけだし、さまざまな事情で各民族は平等ではなかったようで、満州国建国後には当然衝突も起こり、反抗する人々も存在した。そういった衝突が発生した場合、日本は「五族協和が満州建国の理念なのだから全員仲良くしなければならないのに反抗するとは何事だ」ということで厳罰をもって臨んだらしい。

また日本に対する反乱分子などを処分するときには、「覇道ではなく王道がポリシーになっているわけでそういう慈愛に満ちたやり方の政治に反対するなんてとんでもないことだ」ということで弾圧したそうだ。厳罰も弾圧も現在のポリシーからすると決してほめられたことではないが、いわゆる植民地経営（満州国は植民地ではなかったが）というのは、ヒューマニズムに基づく慈善事業ではないので、珍しいことでも、日本だけに特有のことでもない。

わたしが興味を持つのは、「五族協和が満州建国の理念なのだから全員仲良くしなければならない」「覇道ではなく王道がポリシーになっているわけでそういう慈愛に満ちたやり方の政治に反対するなんてとんでもないことだ」というような理屈だ。

そういう理屈はどこかが変だが、日本的文脈では妙な説得力がある。五つの異なる民族が同じ地に住んでいるわけだが喧嘩などしないで仲良くやっていこう、という理念そのものは、間違っているというわけではない。それで、ある民族の一部が異を唱えたときに、理念として五族協和を決めたのだから異を唱えるのはけしからん、ということになると、何かがすでにずれている。だが、何がどうずれているのかがわかりにくい。

たとえば欧州などでは、五つの異なる民族が喧嘩しないで仲良くやっていく、ということにどの程度のリアリティがあるだろうか。異なる五つの民族、言語、宗教、文化と慣習、それがひとつの国にまとまるときに、まず、喧嘩しないで仲良くやりましょう、という理念というか目標を大前提的に決定してしまうのはあまりにものどかだ。

確かにのどかで非現実的なのだが、わたしたちは日常的に異なる民族と接していないために、それが非現実的なことだと実感できないし、喧嘩をしないで仲良くやっていくためにはどのくらいのコストが必要かもほとんどわからない。そもそも、コストがかかるという考え方がない。

□

『キメラ』では、満州国建国前の、関東軍と大本営・日本政府との見解のずれも指摘される。関東軍は中国満州国境にありソ連軍の情報も日々入手していて、東京の大本営参謀本部や政府には理解できない切迫感があったらしい。

結局、その後関東軍は満州事変を起こし、中国侵略の尖兵として歴史の中で「悪者」になってしまう。わたしは関東軍を支持するわけではないが、まわりを異民族に囲まれた外地に駐屯する兵団の「国際感覚」と、日本国内にいて単に報告を受け判断する人々のそれは大きく違っただろうとは想像できる。

その違いはいったい何なのだろうか。その違いを説明するのはむずかしい。満州国の問題と比べると切迫感がないかも知れないが、たとえばイタリアサッカー・セリエAのゲームを現地のスタジアムで見るときの興奮をテレビ観戦している日本人に伝えるのはほとんど無理だ。それには、「テレビ観戦」も関係している。テレビで見ているので、何となく「わかったつもり」になって、「想像」してみようと思わないからだ。また、現地のスタジアムでの観戦と比較できるような経験がない場合も、もちろん「想像」のしようがない。

東京の大本営・政府に、緊迫した状況下での海外赴任経験を積んだ人材がそろっていたら、関東軍が孤立することもなかったのではないかと思う。国境のソ連軍の脅威などというものは、現地にいなければ決して実感できなかっただろう。だが、もちろんそのことはその後の関東軍の行動を正当化するものではない。わたしが指摘しているのは、「現地」とのずれだ。

満州国は敗戦後に当然消滅したが、『キメラ』によると、国籍法がなかったらしい。国は存在したが「国民」の規定がなかったということになる。国籍法が結局成立しなかったことについて著者は日本からの入植者が「満州国民」の規定に反対したことが大きな理由ではないかと推測しているが、説得力がある。満州国に移り住んだ日本人たちは「満州国人」になりたくなかったのだ。

というよりも、日本からの入植者にはどうして満州国に国籍法が必要なのかという疑問があったに違いない。五族協和、王道楽土の国にどうして「国民」を規定する法律が必要なのかと思っていたのではないだろうか。つまり、新しい国ができればその国の国民を法律で規定する必要があるという概念がなかったのではないかと思う。

また満州国人になるメリットがなかったのだろう。日本人である利益が大きかったはずだ。満州国人になる利益を満州国が保証するためには、五つの民族の人権的、及び経済機会的平等を法的に達成しなくてはいけない。

満州国にも当時の日本にもそんな「余裕」はなかった。それだけのコストを支える資金的な余裕も、リスクを負う時間的な余裕も人材的な余裕もなかった。だが、最初から満州国を傀儡《かいらい》国にしてその資源を日本のために略奪する、というのが唯一の建国の理由ではなかったような印象を持った。

もちろん満州国建国に曖昧なロマンを見るのは間違っているが、確信犯的な悪意が根本にあったわけでもないように思う。「現地」や「異民族」に対し無知だったのと、多民族国家建国のノウハウがなく、そのコストにも耐えられなかったということだろう。

『キメラ』に続き、同じ中公新書の『台湾・四百年の歴史と展望』(伊藤潔著)を読んでいるが、東アジアの歴史をまったく知らない自分に啞然としている。日本による台湾の植民地経営において、その近代的インフラの整備は評価されているらしい。

戦前から戦中にかけて日本政府・日本軍がやったことはすべて「悪いこと」ではなかったようだ。だが、もちろん「良いこと」でもなかった。

九九年七月の経済審議会の答申によると、現代は「多様な知恵の時代」ということになるらしい。どうやって多様な知恵の時代を作り上げ、またそのコストはどのくらいかかるのかということは答申には書かれていない。「多様な知恵の時代」などといういかにも浅薄な言葉を聞くと、日本のある部分がほとんど変わっていないのではないかという印象を受ける。そういった言葉だけを見ると、そのために必要なコストが算出されていないという意味で、五族協和や王道楽土といったスローガンとあまり変わるところがない。

どういうわけか、その時代時代に応じて、都合が良さそうな響きのいいスローガンが再生産される。スローガンを謳うだけなら、ほとんどコストがかからない。不思議なことに決して現実的なコストが示されることがない。コストを示すのは確かに政府にとって不人気につながるが、それにしても、スローガンの現実化に伴うコストにこれほど無関心な政府と国民は珍しいのではないだろうか。

これまで、たとえば国民国家的な「協和」「順化」といったことに関しては、そのコストについてほとんど考えなくてよかったのではないかと思う。前近代、近代を通じて、日本は幸運にも国民国家としてのまとまりを得るためのコストを意識せずに済んだのではないだろうか。あるいは、これまでコスト&ベネフィット・費用対効果という経済学的概念がなかったのかも知れない。

そういったある意味では幸福な時代が、世界市場との確執によって本当に終わろうとしているのかどうか、わたしには依然として不明である。

今の日本に希望がないのならばそれはきっと不要なのだ

9/28/1999
3:24PM

『希望の国のエクソダス』という小説を書いているからというわけでもないのだが、最近よく希望について考える。

『群像』という文芸雑誌に連載していた「共生虫」という小説の最終章を書き上げたとき、このラストシーンには希望がどこにもない、と思った。

この二、三年、小説のラストを書き終えて何度か同じ思いを持ったことがある。小説のラスト、あるいは小説全体のモチーフが暗いとかネガティブというわけではないのだが、なんというか、主人公に希望のようなものを付与することができないのだ。

そういう思いは、女子高生の援助交際を扱った小説のあとくらいから、現代が舞台の小説を書き終えるたびになんとなく続いていた。希望がない、というとなんとなくひどく暗い気分になってしまうが、今のこの国に希望が存在するかという疑問は他ではほとんど聞かない。希望というものが人間にとってどうしてもなくてはいけないものかという疑問もあまり聞かない。

□

当たり前のことだが、不要なものは自然になくなっていく。今の日本に希望がないのならばそれはきっと不要になってしまったのだ。昔の、露骨なハッピーエンドではない映画やテレビドラマのラストシーンには定型がいくつかあった。

一般的だったのは、主人公が「旅立つ」というものだ。どういう経緯かわからないが、「おれ、アメリカに行くことにしたよ」などと言って、空港での別れのシーンがあり、飛び立つ飛行機が映って、日本に残った出演者Aが、「○○君、行っちゃったね」などと涙を見せ、日本に残った出演者Bが「泣くなよ、彼はきっと向こうでもやってくれるさ」などとわけのわからない慰めを言ったりする、そういうラストシーンは多かった。

そういったラストシーンはお手軽ではあるが、希望を提示できる。それは旅立つ場所が未知の国でなければならない。そういうラストが現在成立しないのは、外国に旅立ってもそれだけでは希望が提示できなくなったからだ。

ある程度メジャーなアメリカ映画の主演女優のオーディションに受かってハリウッドへ行くのだったら希望がある。だがなんとなくハリウッドへ行くだけなら、現実の厳しさがわかっているので希望にはならない。そのことは実際に外国で活躍したり、あるいは挫折したり、犯罪に巻き込まれて殺されたりする日本人が増えたのでごまかせなくなったわけで、そのこと自体は進歩である。

次世代に託す、という終わり方もある。主人公は死んだり、志半ばで破れ敗北したりするのだが、その次の世代、もっともよく使われる手は息子とか弟子で、先人の遺志を継ぎ戦いを継続するシーンで終わる。

この手法は復讐劇や革命や大事業を描くときに非常に有効だ。戦いは受け継がれ、希望が提示される。もちろん国や地域によってはこの手法は今でも力を持っているが、この国ではどうだろうか。

大衆が共感できる復讐劇も革命も大事業もなくなってしまった。何かが受け継がれていくということにインセンティブが少ない。結局親父のあとを継ぎました、というのは基本的に美談だったのだが、そういう時代は過去になった。時代が求めているのは新事業であり、構造的改革なのだ。

この国においては、時代が求めるものはもちろん常にいかがわしい。時代が求めるものが、リスクを負った個人に任された歴史がまだないからだ。

希望は、ネガティブな状況においてのみ必要なものだ。希望を持って生きるHIV感染者はエイズの発症が遅いという統計もあるそうだ。リストラされて中央線のホームにたたずむ中高年の鬱病質者に何よりも必要なのは希望だろう。

□

敗戦直後の焼け跡には食料も産業的インフラもなく希望だけがあったのだろう。希望を胸に、日本人は死にものぐるいで働いてきて、ついには希望を消費し尽くしてしまったのではないだろうか。日本という国民国家がトップダウンで民衆に配給してきた希望はついに不要のものとなり、消滅したのではないか。

だがわたしたちは、常に希望を必要としているかのような錯覚を持っているのではないだろうか。だから「ドラマ」に必ずラストに希望の提示を要求しがちだ。この国にはひょっとしたらすでにもうドラマの成立する基盤がないのではないかという疑問は、おもに現代文学や映画の中からたまに今でも発せられるが、その疑問の提出の仕方は必ず能天気な感じがする。

そういう疑問を提出したからといって、いまだにドラマトゥルギーを堅持している表現者を徹底的に攻撃するわけでもない。トレンドでもあることだしとりあえず「物語性の喪失」

みたいなことを言っておきましょう、というようなものが多い。

いずれにしろ「ドラマ」の商品価値がなくなることはない。ということはドラマにおいては必ず「希望」が要求されるという構図も失くなることはないだろう。現実では希望は消費され尽くされているのに、ドラマではそれが要求されてしまうのは確かに不健康だが、そういった表現はこの国だけのものではない。

□

希望が提示できない場合に有効なもう一つの手法は、何か大切なものが失われてそれが決して戻ってこないということを感傷的に暗示することだ。それは多くの作家や映画監督が試みていて、商業的な成功例も少なくない。

そういう場合、失われたものは何でもいい。死にものぐるいで働いてきた結果、死にものぐるいになる機会を失った国なので、何を喪失したかが問われることはない。小さい頃好きだったぬいぐるみから軍国主義のようなものまで、自分の肉親や恋人、すでに過去のものになったポピュラー音楽や映画やイデオロギー、記憶、何でもいいし、それがどういう経緯で失われたのかを明示する必要もない。喪失感と感傷は永遠のモチーフだが、現代の日本ほどそれがぴったりとはまる国もないかも知れない。

それは、日本が歴史的に他にないスピードで近代化を達成したからだ。昔は確かにあったが今は存在しないもの、それは自然に消滅したのか、つまりボロボロになってしまった昔のお人形のように時間の経過に耐えられなかったのか、それとも誰か他者に奪われてしまったのか、あるいは自ら消滅し尽くしたのか、喪失にも実はいろいろ経緯があるのだが、そういったことが問われることはない。

喪失については考えるべきことが多い。まず、その何かは本当に失われたのか、という本質的な問いがある。姿を変えただけではないのか、つまり変質しただけではないかという問いだ。喪失が共同体との一体感を生むという習俗や制度の問題。喪失は確かにあったが実は代替物があるのではないかという疑問。そして、喪失のあとで、失ったものをどのように心に刻むかという問題。そういったことを厳密に検証していくと、感傷は消えてしまう。

□

小説はそのラストで「解決」がなければいけないのだろうか。わたしは昔読んだ小説のラストをあまりよく憶えていない。ひょっとしたらラストなんかどうだっていいのかも知れないが、そういう開き直りは好きではない。

もう二十年近く昔になるが、「これがぼくの新しい歌だ」という言葉でラストを書いたことがある。

新しい歌、なんとポジティブな響きだろう。その長編小説は一九八〇年に発表されたが、その希望に満ちたラストシーンは日本経済の構造的な崩壊の予感に支えられていたような気がする。

今は、構造的な崩壊が現実になり、再生は可能なのかという時代だ。わたしはさまざまな理由で、日本経済は再生できないと思う。また、再生する必要が本当にあるのか、再生のイメージはどういうビジョンに基づいているのか、というような疑問もある。

今、希望は必要ではないのかも知れない。なぜなら希望は宗教的教義以外、常に曖昧なものだからだ。

現在の日本に没落のリスクはないと言い切る人はバカだ

10/25/1999
2:29AM

このエッセイに経済用語が登場するようになったのはいつ頃からだろうか。と、ここでバックナンバーをぺらぺらとめくってみる。コンピュータはこういうときに便利だ。昨年の九月締め切りの原稿ではすでにプラザ合意や円高がどうのこうのと書いている。

一昨年あたりから、日本経済が目に見えておかしくなり、アジア通貨危機が起こって、山一証券や拓銀が臨終の時を迎えていた頃、わたしには日本的なシステムが自壊するのではないかという曖昧で淡い期待があった。

今から思えば危険な期待だったと思う。ナポレオン軍を解放軍だと勘違いした十九世紀初頭のイタリア人と同じになるところだった。わたしは単純にグローバリズムを解放軍だと思い込もうとしていたのだった。

だが市場が日本に何かを要求していることは間違いない。日本的なシステムは確かに一部で崩れ始めているが、日本的なシステムとずっとわたしが呼んできたものも実は非常に曖昧だったことが最近わかってきた。金融・経済を巡る問題は、本を読めば読むほどわからないことが増えていく。ただしはっきりとした事実も、僅かではあるが明確になることがある。

たとえば現代のキーワードの一つであるリスクという言葉だが、もちろん語源は英語だ。すべての英語・外来語を翻訳する必要はないと思う。だが、翻訳の必要がないほど一般化した英語と、概念がないために訳せない英語は区別する必要があるかも知れない。

リスクという英語は後者だ。

□

経済を巡る論議は混乱している。二〇〇一年に予定されているペイオフの解禁といった非常に具体的なことも、実施すべきだという意見と延期すべきだという意見があって、双方にそれぞれ論拠がある。論議の根拠となるものの一つに経済では統計がある。ただし統計はデータにすぎないので絶対ではない。

だが、たとえば自営業の減少といったことは統計からわかる。この十年で自営業は半数に減っているそうなのだが、それが何を意味しているのかは判断が分かれるところだ。単なる産業構造の変化かも知れないし、価値観の変化を示しているのかも知れない。自営業が減って何が増えているのかというと、給与生活者と公務員だ。ＳＯＨＯ、つまりスモールオフィス・ホームオフィスなどと言われるベンチャー企業の勃興が叫ばれているわりには、自営業は圧倒的に減っていることになる。

自営業を興すよりも、給与生活者になるほうがリスクが少ないと考えている人が多くなっているわけだ。さあみんなでリスクを取りましょうという政府の言うことを信じて、事業を始めようとする大学生がテレビなどで紹介されるようになったが、彼らは一様にバカ面をしている。わたしの知り合いのインターネット関連ビジネスマンはごく一部を除いてインターネットから撤退しようとしている。意外に儲からないことが明らかになってきたからだ。まわりを見渡しても明らかなのは、ほとんどの業種が飽和状態になっているということだ。今さら出版社を興そうとする人はよほどのどかな人だろうし、本気で金儲けをしようと思ってレコード会社を始める人もいないだろう。ブームになると、たとえばレンタルビデオショップやコンビニやカラオケ店が増えるがやがて淘汰されていき、そのことをみんなが知っている。脱サラという言葉は死語になって久しい。

昔は今と比べて自営業が多かった。ということは、昔は現在よりリスクを取る社会だったということだ。だったらどうしてリスクという概念が生まれなかったのだろうか。おそらく昔はリスクを取るしかなかったのだ。大企業も少ないし、誰もが大銀行に就職できるわけでもない。学歴がなく野心と才能があるものは事業を興すしかなかった。まわりはほとんど焼け跡に近かった。何かを作り出さないと、他には何もなかったのだ。

そうやってホンダやソニーが生まれた。今、ホンダやソニーのような企業がこの日本に誕生する可能性があるのだろうか。

□

リスクという概念を検討する必要などないままに、昔の人は無自覚にリスクを取ってきた。だから日本語にリスクという概念に対応できる言葉が生まれなかったのだろうと思う。そしてリスクを取る人が全体的に減ってきてから、経済白書で、個人でリスクを取る社会、と謳われるのは象徴的なことなのかも知れない。

当然リスクにはポジティブな側面とネガティブな側面がある。つまりリスクは管理されるべきものであり、また敢えて引き受けることによって高いリターンを狙うべきものでもある。

リターンを狙うというポジティブな側面の概念は日本にはなかったわけだが、ネガティブな側面の概念はどうだろうか。リスク管理は英語ではリスクマネジメントというが、その場合、つまりネガティブな概念も実は日本にはない。

たとえば現在失業率が話題になることが多いが、そのほとんどが中高年の大卒のホワイトカラーの問題として語られている。十代と二十代前半の失業率は一〇パーセントを超えているが、あまり語られない。若年層の失業がどういうリスクを孕んでいるのか、問題にしている人はほとんどいない。アメリカでは十代の失業は大問題になる。それはすぐ治安の悪化に結びつくからだ。

それでは日本では十代の失業は治安の悪化には直結しないのだろうか。わたしが問題にしたいのは、十代の失業が実際に非行に結びついているかどうかではない。そういうリスクは存在しないのだろうかということだ。あるいは、リストラされるサラリーマンはこれから増えることはあっても減ることはない。

金融界には統合と合併の嵐が吹いているようだが、要するにリストラの口実を作っているだけだという人もいる。日本の企業には第三者的な人事機関がない。どうやってリストラする人を決めるのかはっきりしない。何十万人という新規の失業者がさらに治安悪化の原因になるかも知れないというリスクが語られるのをまだ見たことがない。

バブル崩壊後の金融機関の不良債権がこれほど膨れ上がったのは、リスクという概念のネガティブな側面が日本になかったからではないだろうか。それでいて、現在リスクという言葉のネガティブな概念が育っているわけでもない。

二十一世紀の日本に対してあなたは悲観的か楽観的かという議論はメディアにあふれているが、そういった議論そのものがリスクという言葉の概念の検証の必要性を隠蔽しているのではないかと思う。

□

当たり前のことだが、近代化を達成し一度、経済的繁栄を享受した国には没落の可能性が生まれる。没落の可能性に目を向けている人は日本の将来に悲観的だし、繁栄の要因しか見ていない人は楽観的になっている。要するにそれだけだ。

現在の日本に没落のリスクはないと言い切れる人はバカだけだろうが、それではそのリスクを具体的に検証しようとしている人はどのくらいいるだろうか。繁栄した国にはさまざまな問題が噴出するが、この日本ではどうだろうか。

援助交際、学級崩壊、テロを教義とする新興宗教、不登校と引き込もり、幼児虐待とドメスティックバイオレンス、と並べるだけで充分だと思うのだが、わたしが不思議なのは、それらの問題が、没落の可能性を持った国が抱える普遍的なトラブルだという認識が希薄だということだ。

先月は希望について書いた。繁栄から没落の可能性に瀕している国における希望とはいったいどういうものなのだろう。希望は自分がポジティブに変化する可能性なので、子どもは全員が無自覚の希望を持たなくては生きていけない。そして焼け跡から繁栄に向かう過程では希望だけはそこら中に充満していたが、繁栄から没落の可能性の中ではリスクの検討とともに希望が意識的に設定されなくてはいけないのかも知れない。

そして、偽の希望を示される子どもたちは苦痛だろう。引き込もりは偽の希望と関係があると思う。

誠心誠意頑張れば
コミュニケーションが成立するという嘘は悪質だ

11/30/1999
2:47PM

幼稚園のお受験が原因の一つと見られる幼女殺人事件が起こった。

暗い事件だが、どうしてわたしたちはこのような極端な事件にいちいち反応するのだろうか。なぜ、こんな極端な事件に自分はまったく関係ないと思うことができないのだろうか。

幼稚園児の受験戦争が過熱しているのだそうだ。中学受験も大学受験も有名校の人気は決して下がることはないらしい。大企業へ就職したがる大学生も減る様子はないようだ。ソニーは新入社員の学歴を問わない、くらいのアナウンスでは有名校信仰はなくならないのだろう。

だが、有名大学を出ただけではいい就職口はないし、たとえ大企業に入ってもその後の生活が安定したものになるとは限らない、という世相になっているような気がするのだが、どうして幼稚園のお受験くらいで殺人を犯したりするのだろう。

そしてわたしたちはなぜそういう極端な犯罪の容疑者のことを考えてしまうのだろう。

わたしは幼稚園お受験殺人が起こったとき、もうこの種類の事件に反応するのは止めようと思った。社会的な事件よりも、興味は金融・経済にある。それに、東大卒の中高年のサラリーマンがリストラされて自殺したりしているのに、大学受験でも高校受験でも中学受験でもなく、幼稚園の受験で人生が決定されてしまったと勘違いして殺人を犯すという神経は特殊すぎて反応する必要がないと思った。

この数年、わたしたちはそのような人間をいやというほど見てきた。つまり、どうしてそういう犯罪を実行してきたのか自分でもよくわからないという人間たちだ。極端で理不尽な凶悪犯罪者の予備軍が現在どのくらい多く存在しているのか、見当がつかない。そういう人間たちは、実際に罪を犯した人間を見てどういう反応をするだろうか。彼らはほっとするのではないか。まず、自分と同じような理由で悩んでいた人間が他にも存在していた、ということでほっとするだろうし、追い詰められて実際に罪を犯したのが自分ではないことに対してもほっとするだろう。

あの容疑者の女がどうして幼女を殺したのか、わたしにはわからない。殺すことでどのような利益を彼女が得たのか、殺害にどのようなインセンティブがあったのかもわからない。

お受験に合格したライバルの親を悲しませたかったのだろうか。

お受験に失敗した子どもの親の気分をライバルの親に味わわせようとしたのだろうか。そのために殺人というリスクの高い行為を実行したのだろうか。

確かなのは、彼女が逮捕されたあとのことを考えていないということだ。母親が殺人容疑で逮捕されたあと、夫や子どもがどういうコストを払わなければならないか、考えたら殺人は割に合わないことに気づくだろう。それでは発作的に犯行に及んだのだろうか。怒りに駆られて、我を忘れ、強烈な感情に支配されて殺害したのだろうか。

二歳の幼女にそれほどの憎しみを持つことが可能だろうか。これまでにも発作的に暴力を振るうようなことがあったのだろうか。メディアの報道にはそういう過去は発表されていない。

□

遅ればせながら、『ウェルカム・トゥ・サラエボ』という映画を見た。ボスニア内戦を描いていて、圧倒された。ニュース映像も織りまぜながら、サラエボで起こったことを淡々と描写している。簡単に人が殺される。政治家の演説のあとに、死体が映し出される。戦争とはこういうものなのだろう、と思わされる。ヒューマニズムは役に立たない。

クリントンが「人道的な解決を」と演説している間にサラエボの市民が狙撃されて血塗れになって次々に死んでいく。リアルとしか言いようがない。死と生があって、それがいつ逆転するかわからない。赤ん坊も幼児も子どもも老人も頭部に銃弾を受ければ死んでしまう、という当たり前のことが伝わってくる。

セルビア人を批判してもしようがない。バルカン半島の紛争の歴史を学んでもしようがない。タンッと銃声が響いて、ある人は倒れ、ある人は生き残る。情報が露出している。生と死が剝き出しになっている。

わたしはそういう状況が好きだと言っているわけではない。憧れているわけでもないし、悲惨だと思っていないわけでもない。だが、生と死だけがある世界は実在するし、そういう極限状況の中で生きている人もいる。

そういう状況の中では、お受験が契機となって自分もはっきりとしない理由で幼女を殺す人は絶対にいないだろう。繰り返すが、だからこの日本が極限状況になればいいと思っているわけではない。なぜ彼女は幼女を殺さなくてはいけなかったのか。それを極限状況の側から考えようと思ったのだ。

『ウェルカム・トゥ・サラエボ』には、ストーリーらしいストーリーはないが、主人公のテレビジャーナリストが孤児だと思われた少女を養女にしようとして、実はその少女に母親がいることがわかり、再びサラエボまで出向いて親権譲渡の書類にサインをしてもらう、というエピソードが描かれる。最後に母親は少女に電話するが、少女は平和なロンドンの暮らしに同化していて、母親との電話をすぐに切ってしまう。

親の愛情は現実に断ち切られる。誠心誠意頑張った、などというエクスキューズはまったく効果はなく人々はセビリアの狙撃兵に撃たれてあっけなく死んでいく。善意は通じないし、イスラム教徒の赤ん坊を奪っていくセルビア人にヒューマニズムを説いても無駄だ。内戦によってコミュニケーションは寸断されているが、その中で人々は生き延びようとする。

内戦は存在しないが、現在の日本でもコミュニケーションはあちこちで寸断されている。親の愛情は現実に裏切られ、誠心誠意頑張ってもどうにもならないことが数多くある。それが現実だから、多くの人々は幻想によって癒されている。メディアからは、親の愛情は何よりも強く愛情さえあればさまざまなトラブルもすべて解決するというような嘘の情報が流れている。誠心誠意尽くせば、誰もが自分のことをわかってくれるというような嘘も機能している。

テレビドラマから小説からニュースショーのアナウンスまで、日本の言説はそういう嘘で塗布されている。だが、日本でも現実はリアルだ。ただ、リアルな現実が塗布され隠されているので、人々は恐怖や不安やストレスを消費することができない。リアルな現実への反応としてのネガティブな感情や意識を人々は自分の中に抱え込んでしまう。そういう恐怖や不安やストレスが実は普遍的だということにも気づかない。

□

それは将来が不安だから消費せずに貯蓄する傾向が強まっていることとパラレルである。みんな何に投資すればいいかわからないし、何を買えばいいのかもわからない。誠心誠意頑張ればコミュニケーションが成立するという嘘は悪質だが、安易なので需要は多い。いまだに日本の常識として通用している。何をどう伝えるか、また何をどう受け取るか、ということがコミュニケーションの基本だが、そういったことは問われることがない。

誠心誠意、というのは具体的にどういうことなのだろうか。たとえば英語しか理解できない人に日本語しか話せない人が誠心誠意頑張って意思を伝えるという文脈は笑い話でしかない。誠心誠意頑張るのではなく単に英語を学んだほうが明らかに有効だが、そういったことはほとんど誰も言わない。

幼女を殺害した女は恐らく今は安堵しているだろう。抱え込んでいた澱《おり》のような意識と感情が極端な形にしろ放出されたからだ。意識と感情の放出による安定のあと、彼女は自分が犯した罪について考え始めるはずだが、何もわからないだろう。

まるで塩漬けの不良債権のような彼女の意識や感情を解き放つためには、夫や親が話を聞いてあげればそれで済んだのか、またはセラピストのような存在が必要だったのか、あるいは彼女が働きに出て社会との経済的な接触が不可欠だったのか、それはわからない。

彼女のような人間たちが日本中にいるのか、今度の事件は氷山の一角に過ぎないのか、それもはっきりとはわからない。

確かなのは、単なる現状維持の努力だけが続く限り、愛情とか誠心誠意とかの曖昧なキーワードは今後も機能し続けるだろう、ということだ。

そしてその嘘を見抜き、抱え込んだ意識や感情を解き放つのはますます困難になっていくだろう。

信頼できない人間が自分の傍にいないという安堵感

12/21/1999
1:44AM

アンソニー・ホプキンス主演の映画『ワイルド』をＷＯＷＯＷで見た。若いファッションモデルの妻を持つ初老の大富豪がアンソニー・ホプキンスで、彼は妻の仕事に付き合い、アラスカ（だと思われる）の山中に休暇を兼ねてやって来る。妻をモデルに写真を撮るカメラクルーも一緒だが、アンソニー・ホプキンスは妻とカメラマンの関係を疑っている。アンソニー・ホプキンスとカメラマンは所用でさらに北のほうへと水上飛行機で向かい、渡り鳥の群れと衝突して、熊が出没する厳寒の山中に遭難する。それからはサバイバルムービーになる。

アンソニー・ホプキンスとカメラマンの間には、共に熊と戦い、生死を共にしたという友情のようなものが生まれる。だが、九死に一生を得て辿り着いた山小屋で、アンソニー・ホプキンスは妻がカメラマンに贈った時計の請求書を見てしまう。その時計には、妻の名前と「二人のあの夜の思い出に」という文句が刻まれていたのだ。

二人はお互いに相手を殺そうとするが、カメラマンが熊用の罠に落ちて瀕死の重傷を負う。アンソニー・ホプキンスは彼を助け、カヌーで川を下り、救助を得るが、そのときカメラマンは息を引き取る。

さて、問題はラストだ。救助されて、キャンプ地に戻ってきたアンソニー・ホプキンスは、妻にキスし、カメラマンの腕時計を彼女に渡すのだ。その腕時計には例の文句が彫られている。腕時計を妻に渡すということは、「これは君と関係していたあのカメラマンの形見だ。そしてわたしはそのことを知ってしまったのだよ」ということを意味する。

このラストシーンにわたしは違和感を覚えた。映画のテーマがわからなくなったのだ。映画のテーマの一つは、サバイバルにおいては若さや力よりも知恵が何よりも重要だ、というものだったと思う。またサバイバルの過程では友情が発生するという示唆も含まれていた。また、劇中でアンソニー・ホプキンスは何度も「わたしは妻を愛している」という台詞を口にした。

アンソニー・ホプキンスが妻を愛していたのだったら、不倫の証拠である時計を彼女に渡すだろうか。カメラマンとの不倫を知っているぞ、ということを彼女に示すだろうか。わたしが考えたラストシーンは次のようなものだ。アンソニー・ホプキンスは、カメラマンの遺体から腕時計を外し、妻に渡さず湖に捨てる。つまり、不倫を知ったことを妻に隠すのだ。

□

しかし、しばらくするとそのアイデアに自信がなくなってきた。映画のラストに沿って、その後のアンソニー・ホプキンス夫妻の行動を想像してみる。妻は、アンソニー・ホプキンスが自分とカメラマンとの不倫を知ったことを知っている。アンソニー・ホプキンスは妻の気持ちを確かめるだろう。

「結局わたしの資産が目当てで結婚したのか？　セックスは若いカメラマンのほうが良かったのか？」

彼女はどう答えるだろうか？　ベストの対応としては、次のようなものが考えられる。

「正直に言うと、あなたの資産も魅力だったし、カメラマンとのセックスは刺激的だった。でもわたしはあなたを尊敬してきたし、愛している」

アンソニー・ホプキンスは、理解を示して、もう一度やり直そうと妻に提案し、二人は信頼を取り戻すために、努力する。

わたしが考えたラストシーンでは、二人のその後はどうなるだろうか。アンソニー・ホプキンスは、妻とカメラマンの不倫を知らなかったことにして彼女を許し、結婚生活を続け、時間に解決を求める、ということになる。

どちらもうまくいきそうにない。だが、こういう場合の「うまくいく」というのはどういうことなのだろうか。

□

この映画の監督はニュージーランド人だが、考え方としては西欧的だと言っていいだろう。知らなかったことにする、という概念が彼らにはないのかも知れない、とわたしは思った。

「君たちの不倫をわたしは知っている。その上で、今後どうするか話し合おう」

というようなことを言って話し合ったとしても、二人はきっと別れてしまうだろう。隠蔽された嘘が明らかになると、そのあと再び信頼関係を築くのはほぼ不可能だからだ。疑いだしたらきりがないし、自分のものにしておくためには、若い妻をある程度拘束しなくてはならなくなる。彼女はファッションモデルの仕事を続けられないだろうし、そうすると妻のほうもアンソニー・ホプキンスに対する尊敬や愛情がやがて失われてしまうだろう。

その際のコストは、離別だ。アンソニー・ホプキンスは若く魅力的な妻を失う。それだけのコストを払って、アンソニー・ホプキンスはどういう利益を得るのだろう？　自分を偽らなかったという宗教的な安堵感と、信頼できない人間が傍にいないという安堵感だ。

不倫に気づかないふりをする、不倫を知らなかったことにする、という対処の仕方は、ひょっとしたら日本的なのかも知れないが、その際の利益ははっきりしている。妻と別れずにすむ、若くて美しい女を失わずにすむ、ということだ。それだけの利益を得るためのコストはどういったものだろう。嘘を見逃し、自らも嘘をついたという宗教的な罪悪感と、信頼できない人間が傍にいるという不安感だ。

結局、どちらのコスト&ベネフィットを選ぶか、ということになる。宗教的な倫理感を別にすると、自らの富と、若い女との愛情・セックスのどちらを優先させるか、ということだ。離婚しないために、不倫を知らなかったことにする場合、信頼できない女が財産を相続する。

西欧人は、とくにアメリカのWASPなどは、自分の財産を守るために子どもにそのための教育を受けさせる。教育を受けていない子どもは、いずれ一族・家族の財産を失うことになるからだ。財産を守る、という価値観だと、離婚は避けられない。

また、この映画のラストには、真実は告げられるべきものだ、というプロテスタントの考え方も影響しているだろう。

□

わたしが考えたラストシーンは恐らく西洋人には理解できないものだろう。アンソニー・ホプキンスは不倫を知らなかったことにする。若い妻のほうは、アンソニー・ホプキンスが本当は知っているのに知らなかったことにしていることにうすうす気づいていて、そのことで彼に感謝し、彼への愛を深めていく、というような価値観は西欧にもあるのだろうか。男女の愛はセックスが絡むのでわかりにくい。セックスが絡んだ男女関係では、真実を告げないほうがいい場合もあるような気がする。

だが、言わぬが花、というような考え方が、たとえば親子のコミュニケーションに重大な影響を与える場合がある。

SMクラブにいる女の子の特徴は、自己評価が低い、ということだ。程度の差はあっても子ども時代に何らかの傷を負っている女の子が多い。幼児虐待というようなシリアスな傷もある。その傷がシリアスであればあるほど、自己評価はより低くなり、最悪の場合にはSM以外では他人とまったくコミュニケーションが取れないというような女の子もいる。

親から大事な言葉を聞いていない、というケースも多い。ごめんね、という一言を親が言わなかったために、それが傷となって残り、自己評価が低くならざるを得なかったという女の子をわたしは何人か知っている。

言わぬが花、という考え方は、わたしたち日本人の深層に浸透している。自分が気づいたこと、知っていること、感じたことは、あえて伝えなくても相手は何となく気づいてくれているものだ、というのが、言わぬが花、ということだろう。直接的に、率直に言うと、これまではろくなことはなかったのだ。

言わぬが花、というコミュニケーションの方法は、親子関係に限らずいろいろなところで機能不全を起こしている。

正確なコミュニケーションを図るのは重要だが、その際には、言わぬが花、という考え方を変えていく必要がある。

だが、それは簡単ではないし、それなりのコストも払わなくてはならない。

そのコストの大きさ、労力と時間を考えると気が遠くなりそうだ。

無知がバブルを生む

1/31/2000
3:09AM

ＮＨＫスペシャルの番組を作っている。タイトルは『失われた10年を問う』という。バブルの崩壊に始まった日本経済失墜の九〇年代を追う、という意図ではない。ただ、バブルの崩壊と不毛な九〇年代という図式は、とりあえずのとっかかりにはなるだろう。

番組には最初、村上龍と金融エリートとの対話、という副題が付いていた。今も付いているのかも知れない。ＮＨＫ側が用意した図式というのは、以下のようなものだと思われる。

1：大蔵省や金融機関には日本のエリートが集まっているはずなのに、どうしてバブルのような間違いを犯したのだろうか。

2：金融エリートには驕りや無責任体質がなかっただろうか。そしてそれは歴史的に、旧軍部などにも通じるものがあるのではないだろうか。

3：エリートのくせにそういう間違いを犯すと一般国民は困る。いつも迷惑するのはわたしたち一般の国民なのだ。ただし、現況を見ると、バブルのような事態が二度と起こらないという保証はないのではないか、と経済を勉強しているらしい村上龍は警鐘を鳴らしている。

以上のような図式を支えているのは、まず、「エリート対一般国民」という構図だ。エリートというのは、具体的にいったいどういう層を指すのだろうか。たとえば宮沢蔵相はエリートだろうか。現在の日銀総裁はどうだろうか。東京三菱銀行の為替資金部の責任者はどうだろうか。どこからどこまでの人材がエリートと定義されるのだろうか。そもそもエリートと言えるような層が今の日本にいるのだろうか、というような疑問がまず浮かんでくる。

□

たとえば明治時代には明らかにエリートと定義される層が存在した。教育のレベルが支配者層と大衆ではまるっきり違ったからだ。欧米に留学できるような境遇の人間も非常に限られたものだった。

今だって、実際に欧米に滞在することでしか得られない情報がたくさんあるのだから、十九世紀後半や二十世紀の初頭に欧米に留学した日本人は、お伊勢参りくらいしか旅行の可能性のない一般大衆に比べて比較にならないような膨大な情報と知識を持っていたことだろう。

ＮＨＫのような比較的良心的な（まじめだという意味で、優秀だという意味ではない）メディアにも、そういう歴史的な刷り込みがまだ残っているのだろう。エリート対一般大衆という構図は、明治以来続いてきたものなので、図式の基本にするときにわかりやすい。

わかりやすいという事象と、正確な事実は明らかに違う。エリート、と表現しても間違いではない層が現代の日本に実在するのかどうか、わたしにはわからない。だが、金融エリートという層が現代の日本に実在するか、という点が問題だ。そして、その問いにはおそらく正解がない。それは、エリートという定義が明治時代のように明確ではないからだ。たとえば東大の大学院を出て、ハーバードビジネススクールに行ってMBAを取得しても現実的にはまったく仕事ができなくて、MBA＝マヌケ・バカ・アホと言われている人間が金融界にも大勢いるらしい。

したがって、金融エリートという層、人種が確かに存在するという前提で、ものごとを考えたり、仮定を立てたりするのは危険なのだ。

□

現時点で、何となくわかってきたのは、バブルの萌芽となった土地担保の邦銀の融資行為は、堅実としか言いようのない、極めて当然のことだったということだ。つまり、規制緩和や円高や低金利などの影響で潤沢な資金を持っていた日本の金融機関は他にお金の使い道がわからなかった、ということになる。

全国民が欲に目が眩んだ、というようなわけではなく、非常に生まじめに、バブルは始まったのであって、それが九〇年代を通じて今も日本経済の足かせになっている膨大な不良債権を生むなどと、ほとんどの人間が気づいていなかったのだ。

だが、それではバブルは必然の出来事で不可避だったのかというとそうではない。バブルを避ける知識と知恵がなかったというだけで、要するに、政府・大蔵省も金融関係者も経済学者も「無知」だったのだ。

無知という言葉を使うと、いろいろなことを思い浮かべてしまう。

たとえば、九八年のフランスワールドカップの代表監督だった岡田氏だ。彼は、スリーバックという戦術とも言えないようなディフェンスのシステムだけを構築して本大会に臨み、結局一勝もできなかった。過去を蒸し返して、岡田氏を貶《おとし》めるつもりはまったくない。わたしは、岡田前代表監督が、誤った戦術を採用したわけでもないし、もちろんモチベーションに問題があったわけでもなく、ベストを尽くさなかったわけでもなく、ただ「無知」だったということを指摘したいだけだ。

無知という言葉は残酷かも知れない。知識と情報が足りなかった、と言い換えてもいいが、意味はあまり変わらない。

実際に欧州や中南米で世界レベルのサッカーに日常的に接し、そういった中でコーチや監督の仕事を続けている人間に比べると、彼は無知だったのである。

もっと深刻な例を挙げよう。アジアに展開した旧日本軍の兵士たちはどうだろうか。彼らは占領地の現地人や捕虜をどういう風に扱えばいいのかきちんと教えられていただろうか。あの時代に、いったい誰がそういうことを教えることが可能だっただろう。中国人や朝鮮人を拷問したり虐殺したりした日本兵は、自分たちが悪いことをしているという自覚が果たしてあっただろうか。

□

この国では、無知、あるいは知識や情報が足りないことが場合によっては罪悪になるという認識が薄い。罪を問われて、悪いことだと知らなかった、と弁明して、それが認められれば許されることがある。贈収賄などの汚職事件でそういった例が多い。

また、無知であったために被害を受けた場合、無知だったという事実が反省材料としてきちんと指摘されないことも多い。ヴェンチャー企業に出資すると額に応じて仕事や役職が与えられるという詐欺に引っかかった中高年の被害者は、明らかに無知だった。同じような事件の再発を防ぐためには、被害者が無知だったという事実を指摘する必要がある。無知だったために不利益を被ることがあるとアナウンスすべきだと思うのだが、テレビのニュースなどで、そのことが指摘されることはない。

知らなかった、というエクスキューズが許される社会にはいくつかの特徴が考えられる。まず、その社会が幼児的だということだ。幼児や子どもは、知らなかったのだからというエクスキューズで許される場合がある。

次に、情報や知識がその社会の内部で同質だということだ。以前、海外の登山において、下山している日本人パーティが、救助を求めている別のパーティのシグナルを理解できずに何もしなかったというケースがあった。たとえば、場所が日本アルプスで、救助を求めていたのがセルビア人とかルーマニア人で、セルビア語かルーマニア語しか話せなかったら、事情が違う。日本の山に登山に来て日本語を話せないわけだから救援のサインを理解してもらえなくても当然だということになるだろう。

公海で救難信号を発している外国船を無視したら国際問題になる。それは各種の海事信号を理解していることが公海航行のルールになっているからだ。同様に、日本人の登山パーティがアメリカンロッキーに登っていて、ヘルプ、と叫んでいるアメリカ人のパーティを無視して下山してしまったら、非難されるだろう。

また、知識を持っている人間と、持っていない人間の利益を人為的に無くしている社会、あるいはその差を人為的に低くしている社会でも、無知は罪悪だという指摘が少ないだろう。つまり、結果平等の社会、護送船団方式のようなシステムが機能している社会である。

すなわち、幼児的で、情報や知識がその内部で同質であり、かつ情報や知識がその人の収益とは直接結びつかない社会では、無知が罪であるというアナウンスは反社会的なものになってしまう。

現状を見ていると、日本ではそのような価値観に変化は見られない。だが、現代のように特定できないリスクが増えているとき、たとえば東海村の臨界事故などを考えるときに、無知であることが致命的な害悪や不利益につながるケースも増えているはずである。

自分の娘が援助交際をしているのがわかったらどうすればいいか

2/28/2000
2:54AM

ＪＭＭのミーティングなどで金融・経済の論議が一段落すると、思い出したように教育の話題になり暗澹とした気分になるということが多い。日本の教育をどうすべきかという設問は、わたしたちの気分を真っ暗にするのだ。

渋谷や新宿でウンコ座りをして、煙草を吸っている中高生を思い浮かべると、あの子どもたちを救うのは無理だと思ってしまう。

だが、一人一人が「日本の教育」について考えるから無理があるだけで、一人一人が自分の子どもの教育について考えれば問題はあっという間にシンプルになるのではないだろうか。どういうわけかわたしたちは「日本は」という主語で物事を考える癖がついている。考えてみれば非常に不思議だ。

「このままでいいのか日本経済」というような見出しはあらゆるおじさん雑誌にほとんど毎日躍っているが、そこにエッセイや論文を寄せている人にしても、対談をしている人にしても、恐ろしく巨大な「日本経済」に対して何事かを為しうると本気で考えているのだろうか。自分のことを心配したほうがいいのではないかというような人々が、あえて日本を憂い、日本の未来を考えているというのが現状だ。

いったいどうしてこの国はみんながみんな国家レベルでものごとを考えるようになってしまったのだろうか。本来国家レベルでものを考えるのは大変な作業であるはずだ。自分の問題として考えたほうが簡単だ。

現在の経済停滞を考えるとき、自分の問題とすれば、自分はどういう戦略を立てるべきかと考えればことは足りる。だが、現在の経済停滞を国家レベルで考えると、要因は錯綜し、複雑極まりないものとなってしまう。

国家レベルでものを考えるのはむずかしいに決まっている。どうして日本人はむずかしいほうを選ぶのだろうか。

□

ひと昔前、援助交際が花盛りの頃、その話題でワイドショーや朝まで生テレビが盛り上がっていたが、そこでも議論の方向は、どうすれば日本国から援助交際なるものを除去できるか、というようなものだった。中には正しい意見もあったのだろうが、実際に援助交際をしている娘を持つ親がそのテレビを見てもまったく参考にならなかっただろう。

あなたの娘が援助交際をしていたらこういう風に注意しなさい、というようなマニュアルのようなものは見たことがない。だが、多くの親が欲しがっているのはきっとそういうマニュアルだと思う。病気のときには薬などの処方箋が欲しいものなのに、その病気を日本国から撲滅するための施策、についてみんなでえんえんと話し合っているようなものだ。どうしてそういう奇妙なことになってしまったのだろうか。

教育の問題では、国の教育のシステム、その政策について議論される。個性を伸ばす教育が望まれるとか、それでは公共心が育たないからだめだとか、そういった文脈での議論だけを、メディアは取り上げる。

広義の教育ということで言えば、個別のケースが取り上げられることもあるが、それらは、親子で計画的に勉強して有名私立校への受験に成功した話とか、難病で死んでしまった子どもに「天国の……ちゃんへ」と語りかける話とか、障害を持つ子どもとの日常を綴ったものとか、そういうものが多い。もちろんそれらの中には感動的な書物も少なくないが、いずれにしろ多くの人の子育ての参考になるというものではないだろう。

京都の小学生刺殺事件や新潟の少女監禁事件で、母子密着、あるいは自己愛性人格障害が問題になっている。京都や新潟の事件ほど極端な形ではなくても、パラサイトシングルという、親と同居する未婚者が異様に増えているらしい。パラサイトシングルの問題は、そういう一種の引き込もり、フリーター、未婚・非婚・離婚者などを受け入れる経済力が社会的に整備された、つまり日本が金持ちになった、という側面も持っている。

パラサイトシングルの前身は家庭内暴力だった。自分の息子が突然暴力を振るい始める。親はいったいどうすればいいのだろう。そういったマニュアルは当時どこにもなかったし、現代に至っても、整備されているとは言い難い。だが、この国の家庭内暴力をどう考えるか、といった議論はうんざりするほど繰り返されてきた。不思議だ。

□

自分の子ども、配偶者、あるいは親、兄弟や友人が、たとえばオウムや法の華などの怪しげな新興宗教に入信したことを知ったとする。そういう場合にどうすればいいのか、国も地方自治体もマニュアルなど作っていない。その代わりに、どうしてそのような怪しげな新興宗教が現代の日本に起こるのかが、おもに議論されることになる。

日本人がマニュアルを作れないわけではないだろう。中古車選びや、コンピュータの使い方、ガーデニングやフライフィッシング、アウトドアライフの楽しみ方などのマニュアルは本屋に山積みになっている。

しかし、夫が突然暴力を振るってきたら妻はどうすればいいのか、というマニュアル本はまだ見たことがない。わたしは夫の暴力から生還した、というような体験本はそれなりに出版されている。

会社の帰りに毎日ある男が自分のアパートの前に立っていて、お帰りなさい、と声をかけてくる。非常に気持ちが悪く、恐ろしいが、どうすればいいか、誰に聞けばわかるのだろうか。

要するにこの国では、温室での蘭の栽培や、河原でのバーベキューの仕方、パソコンの使い方といったマニュアルのほうが、ドメスティックバイオレンスや、新興宗教への親族の入信や、自己愛性人格障害になった子どもへの対処の仕方といったマニュアルよりも重要だということになる。

この国の少年非行を考える、と言うとき、その論議は個別の案件に対応できるものではなく、国家レベルの対策が論じられる。どういうインセンティブでそのような事態がえんえんと続いてきたのだろうか。要因はひとつではないだろうが、誤った行いを正すのはそれほどむずかしいことではない、という昔の価値観がいまだに信じられているのかも知れない。

自分の娘が援助交際をしているのがわかったらどうすればいいか、というようなマニュアルはないが、自分の娘が援助交際をしているかどうかはこうやって見分けよう、というようなマニュアルはある。つまり悪いことをしているのがわかりさえすればそれを矯正するのはそれほど困難ではないという昔風の認識がある。

昔の地方の大家族制では、身近な第三者という立場の人間が大勢いて、彼らの意見や叱責は効果があった。叔父さんや叔母さん、村長さんや和尚さんや駐在さん、といった人々で、今、そういう人々はどこにもいないし、復活することもない。また、村八分などの懲罰も機能していたが、現在の地域共同体にそういう役割を期待するのは間違っている。

駅前で中学生や高校生が煙草を吸っていてもわたしは注意しない。徒党を組んでいるような場合には近づきたくもない。何をされるかわからないし、彼らが煙草を吸っていてもわたしには実害はない。

しかし、地域の共同体の力で青少年の非行を防ごうという声は年々大きくなっているようだ。その前に、生徒の喫煙を撲滅するのだったら、まず煙草を吸うシーンを描いている少年漫画の作者と出版社、未成年者に煙草を売った業者を厳罰に処すべきだ。未成年の喫煙シーンのあるテレビ番組も放送禁止にすべきだ。

また、徒党を組んだ中高生に対しては、武器を携行する自警団のような集団を組織すべきだと思う。そういった社会的合意やインフラがないときに、徒党を組んだ中高生に煙草や生活態度を注意して、殴られたり刺されたりしても何の補償もない。死んだりしたら、完全な無駄死にだ。

自分の子どもがネットストーカーになっているとわかったとき、親はどうすればいいのだろうか？ そんなことはこの国ではどうでもいいことのようだ。日本におけるネットストーカー問題をどう考えるか、のほうが重要なのだろう。まったく理解できない。

ルーブル美術館で、厚底のブーツの日本人の女が転んだ

4/1/2000
11:35PM

今、パリの空港のラウンジでこの原稿を書いている。これから日本に帰る。今回の旅は、ローマとパリが中心だった。パリでは、わたしの小説をフランスで出版しているP・P氏とほぼ一年ぶりに会い、一緒にベトナム料理を食べた。ポメロールのワインセラーで有名な、ヌーベル・ベトナミーズだ。

アルルにある小さな出版社だが、氏はわたしの小説を六冊出版していて、この秋に七冊目が出る。

「イタリアとドイツのエージェントがムッシュ・ムラカミの作品に興味を示しているが、わたしとしてはもっと多くの国でたくさんの作品が紹介されることを希望している。また、ヨーロッパやアメリカで映画化されると宣伝になる」

今年になって『イン　ザ・ミソスープ』がフランスで映画化されると聞いたが、その後の進展は不明だ。まだ契約書がわたしのエージェントに届いていないので、映画化は中止にな

ったのかも知れない。映画製作ではよくあることなので、別に気にはしないが、もし製作中止だったら残念なことには変わりがない。

「この秋に、『ライン』を出版するが、その次に、『コインロッカー・ベイビーズ』のような強い作品を出したいと思っている。そのときには、大々的なパブリシティを打ちたいので、ぜひフランスに来て欲しい」

と言われて、わたしは『共生虫』や『希望の国のエクソダス』などの新作の話をした。また、中田というサッカー選手のホームページにセリエAが舞台の小説を連載していると言うと、それは興味深いのでぜひイタリアの出版社に話をしたい、というようなことを言った。わたしはP・P氏が真剣にわたしの小説をヨーロッパで売ろうとしているのだと思い、うれしかった。同時に、もっと圧倒的な小説を書いて、氏の仕事を楽にさせ、儲けさせてやりたいという気持ちになった。

□

圧倒的な小説といっても、当たり前のことだが、簡単に書けるわけがない。それではヨーロッパやアメリカを意識した小説、西欧で人気を得るような小説はどうかというと、そういうものを書くのも不可能だ。

西欧の読者や映画の観客が基本的に期待するのは、いまだにオリエンタリズムだと思う。そういったオリエンタリズムへの期待は、ときに形を変えることがある。日本などアジアの民が、苦しみながらも西欧化を果たそうと努力している姿を見てヨーロッパ人がプライドを充たす、というような構図もその一つだ。

要するに、オリエンタリズムというのは、西欧人がイメージできる範囲での東洋文化、ということになる。もちろん西欧人というカテゴリーは実際には存在しない。イギリスとフランスでは文化的にもまったく別だし、バルカン半島などは、人種や宗教や言語などの文化的インフラにおいて信じがたいほど細分化されてしまっている。

そういったことを考えると、西欧を力で納得させるような、圧倒的な作品とはいったいどういうものかと考えてしまう。P・P氏のような、異文化への真摯な興味を持つインテリ以外、日本に関心を示す西欧人などほとんどいないというのが現実だからである。

そしてそのような現実は、藤田嗣治などの画家たちがヨーロッパに渡った頃から、実は変わっていないのだと思う。それに、西欧に理解され、広く読まれる小説が、日本文学として本当に優れた作品なのだろうかという根本的な疑問もある。その国固有の文化というのは、その国以外にはその独自性を正確に伝えるのが極めてむずかしいが、そのことが逆に固有の文化たり得る要因にもなっているのだ。

西欧の文化が広く世界に広まっているのは、植民地政策なども含めて彼らがそのことを強く望んだ結果だ。また実際に近代化のマニュアルとしては非常に強力だったために、アジアやアフリカの政府や国民がそれを学習・吸収しようと必死に努力した結果でもある。わたしたちは小学校の頃から西欧文化について学ぶ。歴史や文化や美術や音楽、それに言語などだが、それでも日本人がたとえばフランス文化やフランス人について核心を捉えているとは思えない。

彼らは、わたしたちが彼らの文化や歴史や言語を学んでいるようには、わたしたちの文化や歴史や言語を学んでいるわけではない。その理由は単純で、その必要性がなかったからだ。彼らは、日常的に好んで歌舞伎を見たり寿司を食べたり日本語を学んだりしない。日本料理屋は大都市にしかなく、基本的にそれは現地の邦人のためのものであり、またはオリエンタリズムへの興味を充たすものでしかない。日本酒に憧れ、日本酒の研究をする西欧人はほとんどいないし、懐石料理のために料亭に弟子入りする西欧人もほとんどいないだろう。だが、ソムリエを目指す日本人は無数にいるし、今やフランスやイタリアの有名レストランでは非常に多くの日本人が修業のために滞在している。

東京にはいったいどのくらいの数のフランス料理やイタリア料理の店があるのだろう。今回久しぶりに訪れたルーブルでドラクロアの「民衆を導く自由の女神」を見たが、「モナリザ」ほどの人だかりではなかった。ほとんどの見学者はそのドラクロアの名作をさっと見ただけで素通りしていた。去年の春、上野でゴヤの版画展に行ったとき、「民衆を導く自由の女神」のために並ぶ何千人という人々を見た。わたしは一枚の西欧絵画のために延々と並ぶ人々を批判したいわけではない。ただわたしたちはどうしてこれほど西欧文化に憧れることができるのだろうかと不思議に思っているだけだ。

□

脱亜入欧というスローガンがあった。確か福沢諭吉が作ったものだ。アジアは貧しく西欧列強に蹂躙されている。アジアから脱却して西欧のやり方で西欧に追いつこうではないか、みたいなニュアンスのスローガンだろうと思う。今でも初めてパリやロンドンに行くと、みんなびっくりするのだから、明治時代にヨーロッパを訪れた日本人は度胆を抜かれたことだろう。

政治・法制度や教育、農業、鉱工業、軍事、芸術などあらゆる分野において、西欧は学ぶべき対象になった。多くの日本人がヨーロッパ各地に留学して勉強し、教授や教師や指導員として多くのヨーロッパ人が迎えられた。そういうことは近代化を早急に推し進める国では別に珍しいことではない。

日本が特別ではないかと思うのは、いまだに近代化途上の国のように西欧に憧れを抱いていることに無自覚であることだ。そういった憧れは、たとえば東アジアの国々が日本に抱くものとパラレルなのかも知れない。日本人が西欧に憧れを持つことそれ自体を批判しているわけではない。

女性誌が南フランスの特集ページを作ったり、二十代向けの女性誌がエルメスのバッグの新作を紹介することはこの国では当然のことになっている。だが、それは外側から眺めると非常に奇妙なことだ。

ルーブル美術館で、一人の日本人の女が厚底のブーツを履いて、走りだそうとしたときに思い切り転んだ。周囲の人々はみな驚いてその女とブーツを見た。そのときルーブル・リシュリュウ翼には数千人の見学者がいたが、厚底のブーツを履いているのはその転んだ女ただ一人だった。渋谷だったら、その女は異様でもなんでもない。しかし、ルーブルではまさに理解されない異様な人間だった。

厚底のブーツを履いて、ルーブルで転んでもそれは本人の勝手だからわたしにとってはどうでもいいことだ。だが、渋谷では普通のことが、海外に行くと異様に見えることがあるということを理解すべきだと思う。

そのことを理解していないのは、厚底のブーツの女だけではない。政治家や官僚や経営者の中にも大勢いる。ほとんどのマスコミもまったく理解していない。

「二十一世紀　日本の構想・懇談会」の最終報告を一言で表せば、脱亜入欧ということになってしまうかも知れない。繰り返すが、近代工業国家を成立させたあといまだに脱亜入欧を謳うことを批判しているわけではない。日本人が西欧に学ぶべきことがなくなったわけではない。

ただ、そのことに無自覚ではいけないのではないかと思うだけだ。西欧諸国はどうして文化的に世界をリードしようとしたのだろうか。それは、西欧文化を広めることが支配を容易にするからだ。また文化的な尊敬が得られれば、政治的な国際協調においても、経済交流においても、交渉を有利に進められることを知っていたからだ。

さて、わたしはこれからどういう作品を書くのだろうか。きっと文学において戦略などないのだろう。だが、自分の国が脱亜入欧から一歩も脱却していないことに無自覚ではいたくないと思う。

わたしたちは身近に敵がいるという事態に慣れていない

4/30/2000
3:45AM

名古屋で中学生が同級生に五〇〇〇万円を恐喝されたという事件があった。そのニュースを聞いたとき、わたしはその金額が信じられなかった。五〇〇〇万円の現金というのは簡単に用意できるものではない。少なくとも、預貯金を下ろして作るというレベルの金ではない。ビル・ゲイツだろうが孫正義だろうが、急にはそれだけのキャッシュを用意できないだろう。不動産を処分するとか手持ちの株を売るとか、そういうレベルの額だ。

キューバ人にこの事件を話しても絶対に信用してもらえないだろう。平均的なキューバ人は月額にして二〇ドルほどで暮らしている。五〇〇〇万円あれば、キューバでは二五〇〇〇人近い人間が一カ月暮らせることになる。一人の中学生がそんな大金を同級生に恐喝されたなどという話をいったいどこの国の人が信じるだろうか。

しかしいつものことだが、そういった異常性はほとんど話題にならない。誰も真剣に驚いているようには見えない。新聞や週刊誌で報道されているのは、おもに加害者の少年たちの派手な金の使い方とその親たちの責任といったことだ。

この事件を考えるときに、三つのフェイズがあると思う。まず一つは、その恐喝された額の大きさと、メディアや世間がその額に真剣に驚かなかったということだ。二つ目は、被害者とその親はどうして学校や警察以外に助けを求めなかったのかということで、三つ目はこういった事件を防ぐための根本的な対策は何かということだ。

根本的な対策を考えるのは後回しにしよう。第一そんなものがあるかどうかもわからないかも知れない。少年法の見直しは確かに必要だと思うが、刑法の適用年齢を大幅に引き下げればこの種の犯罪がなくなるとも思えない。十五歳の少年を対象に恐喝の額で量刑を決めるような法律を作ったりするのはひょっとしたら外国に対して非常に恥ずかしいことかも知れない。

先進国はどこでも同じように少年犯罪に悩んでいるが、十五歳以下に一般の刑法を適用している国はほとんどない。十五歳に一般の刑法を適用すると、理屈上は十五歳に選挙権を与えなくてはならなくなるのではないだろうか。

二つ目のフェイズを考えてみよう。被害者とその母親は学校と警察に何度か被害を訴えている。学校も警察もまさか被害額が五〇〇〇万円にも達していたとは思わなかったのだろう。そうでなくても、校外で起こっていることはコントロールできないという常識が学校にはある。中学生や高校生に麻薬を売る組織のアジトに潜入する教師の話は漫画以外では聞いたことがない。

警察も民事不介入の原則をいまだに堅持しているところが多い。夫が妻を殴っているという現場に警察が急行したというニュースはまだこの国では少ない。だから夫の暴力に耐えられなくなった妻はその種のボランティア組織に助けを求める以外にないというのが現状だ。

□

名古屋の事件の被害者とその母親はどうすればよかったのだろうか。そういう具体的な対処の仕方を紹介するメディアは皆無だ。自分の子どももいじめに遭っているようだ、ひょっとしたら恐喝されているかも知れないと不安に思っている親は全国に大勢いるはずだが、その人たちへの社会的なアドバイスがない。

援助交際のときも、オウムなどの新興宗教問題でも、最近話題になっている引き込もりでも同じことだが、本人や家族が実際にトラブルに巻き込まれたり、不安状態だったりするときに、どこに相談すればいいのかはっきりしない。

援助交際でも、引き込もりでも、いじめでも、同級生からの恐喝でも、ストーカーでも、大切なのは恐怖や不安をシェアすることだ。誰でもいいから手当たり次第に相談することだ。

学校や警察はもちろん、友人や親戚や知り合いや、そしてもし金銭的な余裕があれば、民間の興信所や探偵局に助けを求めることができる。

この被害者は結局五〇〇〇万も脅し取られたのだから、一〇〇万円ほど最初から用意して民間の機関を頼れば、きっと何とかなったのではないかと思う。被害者とその母親はどうして外部に応援を頼まなかったのだろうか。最悪でも、引っ越しくらいはできただろう。

きっと加害者の同級生たちを敵だと認めることができなかったのだと思う。被害者の少年は何度もひどいリンチを受けている。生命の安全と財産は、人間にとってもっとも大事なものので、それを両方とも脅かしてくるもののことをわたしたちは敵と呼んでいる。その他に敵と呼べるようなものがいるのだろうか。

敵だと認識できれば、戦うか逃げるか態度を決めることができる。だが、敵ではなく「同級生」という認識のままでは対処の仕方がむずかしい。ひどいリンチを受けて生命が脅かされ、数千万円を恐喝されるという事態では、加害者を敵と認識し、あらゆる方法で戦うべきだ、というアナウンスがどこにもないのはどうしてなのだろう。

わたしたちは身近に敵がいるという事態に慣れていない。身近な敵、あるいは身近な他者、つまり話が通じなくて、緊張関係にある人間がすぐ近くにいるという事態に慣れていない。

大家族制の家から、学校や地域共同体や企業を経て国家まで、表面的にはすべて同質のものだという認識があった。その中に異物が混じってはいけなかったし、同質だからたとえ異物が混じってもただ排除すればよかった。異物は圧倒的に少なかったし、勘当や放校や村八分をはじめとして、差別と排除のためのシステムも整っていた。

それは非常に効率的なシステムだったので、各共同体にとって内側の敵に対する危機管理というものは存在しなかった。戦前や高度成長期にはセコムのような民間のセキュリティ会社もなかったし、興信所もなかった。必要がなかったのだ。

潜在的な需要があれば、そのサービスを有料で提供して利益を得ようという者が現れる。インターネットで調べると、全国の興信所、探偵局が圧倒的に増えているのがわかる。そのプライスリストを見ると、一〇〇万円あれば相当のことを依頼できる。名古屋の母子はそういったことを知らなかったのだろう。

興信所や探偵局が急激に増えつつある現象は確かに喜ぶべきことではないが、そのことと、五〇〇〇万円を恐喝され生命の危険に晒され続けることにとりあえずどう立ち向かうかということは別問題だ。メディアはどうして興信所や探偵局を紹介し、今後このような事件の際には躊躇せずにそういった民間の会社に依頼すべきだと世間の無知な人々に教えないのだろうか。

一つ目のフェイズを考えよう。どうしてこの国の政治家や教育者やメディアは中学生が五〇〇〇万円を恐喝したという事実に真剣に驚かないのだろうか。

それは、たとえばキューバ人に説明しなくてはいけないというような強制力が存在しないからだ。仮に現在の日本が少し前の韓国のようにＩＭＦから緊急の融資を受けていて、決して無駄遣いはしてはいけない状況だったとする。巨額の無駄遣いはその詳細と原因を報告する義務があるとする。

そのとき日本のメディアや政治家や教育者は、ＩＭＦに対しこの恐喝事件をどう説明するのだろうか。説明できないだろう。中学生が五〇〇〇万円という巨額の金を同級生から恐喝されていたという事件は、あまりにも理不尽だからだ。

わたしたちの社会はこれまで同質のものだったので、その共同体の内部で起こった問題を外部に説明する必要がなかった。正確に言えば、外資に買収された企業以外では今も説明責任はない。

説明責任のない共同体内部では、どんなに異常な事件が起こっても真剣に驚く必要がない。なるべく煽情的に報道して早く忘れたほうがコストがかからない。

□

そういったことがいつまで続けられるのか、わたしにはわからない。おそらくメディアはコストがかからないために、永遠に続けようとするだろう。

変わる気配はないし、わたしはもう、そういう期待をしていない。日本の企業風土や商習慣も、その企業や業界が潰れるかも知れないという危機の下に、たとえば外資に買収されるまで気づくことはなかった。

潰れそうになるまでメディアもそのことを自覚できないだろう。

だが本や雑誌は売れなくなっている。いつかまったく売れなくなるときが来るだろう。

そのときができるだけ早く来ればいいとわたしは思っている。

「日本的なシステム」というようなカテゴライズは有効だろうか

6/1/2000
1:08AM

日本的なシステムにおけるコミュニケーションはどうして曖昧にならざるを得ないのだろうか。その前に、日本的なシステムというようなカテゴライズが有効かどうかをまず考えてみる。日本型システム、日本的システム、と呼ばれるものの特徴は何だろうか。

日本型企業の特徴として常に挙げられるのは、終身雇用、年功序列、企業内組合の三つである。また企業とその取引銀行との株の持ち合いや、いわゆる護送船団方式などもよく指摘される。ただ、それらは厳密に日本だけの特徴なのかどうかわたしにはわからない。

ヘッジファンド大手のＬＴＣＭが破綻したとき、アメリカは官民共同で救済策を立てたし、日本とまったく同じではないが欧州などでは株の持ち合いもまだ残っているようだ。雇用形態でも、製造業のブルーカラー専門職では終身雇用や年功序列が効率的だとする欧米の企業もある。

そうやって見ていくと、日本的と言われるシステムの形態が特殊なわけではないのではないかと思えてくる。最初にわたしはコミュニケーションが曖昧だと書いたが、それは具体的には、率直にものを言わない傾向を指す。

率直なコミュニケーションというのは、本音で語るということではない。本音と建前という区別は、自分の、あるいは自分が属する集団の利益を隠すか隠さないかという違いがあるだけで、本質的に両者は同じものだ。本音を言ってくれ、というのは、率直に話してくれという意味ではなく、正直にあなたの利益を示してくれ、ということだ。したがって、利益が明らかになるという意味で本音というものは必ず醜い。

同様に、建前というのは、自分とその集団の利益を隠して一般論を語るということだ。したがってそれは嘘で、本質的に建前も醜いものであり、ときには有害なものになる。

□

システムそのものの形態ではなく、その内部でのコミュニケーションの方法に日本固有の特徴があるのではないかとわたしは思うようになった。

先日、体罰が原因で自殺した生徒を巡る裁判があって、県の教育委員会などの責任が明らかになった。原告側はこの判決により、体罰の禁止をより徹底させるように今後とも働きかけていくそうだ。もちろん体罰は悪だ。私は体罰を擁護するものではない。

だが、教師から体罰を受けたくらいで自殺しないような強い生徒を育てることも大事なのではないだろうか。体罰も悪だが、自殺も悪だと思う。だが、体罰は悪だということを言うのは簡単だが、自殺は悪だ、ということをたとえばテレビのニュースで伝えるのは非常にむずかしい。

日本では、事件や災害の犠牲者は共同体全体の犠牲になった人として、ある種の「債権」のようなのを付与されてしまう。それは、わかりやすい敵を外部に想定して、共同体内部の結束を固める、というメカニズムがいまだに機能しているからだと思う。

地下鉄サリン事件にしても、阪神・淡路大地震にしても、最近の少年犯罪にしても、被害者は共同体全体の結束を高める存在として祭り上げられてしまう。メディアは事件後も被害者を追い続け、その悲惨さを訴える。被害者というのは悲しみを背負っている。冤罪などで無実を訴えたいと思っていたり、補償の問題などで何かメディアに代弁してもらいたいと思っているような場合以外は、彼らは基本的にそっとしておいて欲しいと思っているはずだ。

メディアは被害者の葬儀を撮影し、涙を流している遺族の映像をニュースで流したりするが、それにいったいどういうポジティブな意味があるのかわたしには理解できない。被害者については、でき得る限りの補償と専門家によるケアを行った上で、メディアは放っておくべきではないかと思うのだがどうだろうか。

被害者は「共同体の敵」による被害者として、共同体の一体感を高めるために祭り上げられる必要がある。本当に被害者を救済したければ、経済的な補償と精神的なケアのシステムを整備すべきだが、そういったことはまったく考えられていない。テレビ局は撮影クルーや中継機材やヘリコプターなどの経費をそのまま被害者救済基金に充てたほうがどれだけ現実的かわからないが、絶対にそんなことはしない。

□

自殺は悪だ、ということは誰だって知っている。もちろん自殺した人やその遺族が罰せられるわけではないが、自殺は社会全体にネガティブなアナウンスを広める。特に、子どもの自殺は深刻だ。子どもには批判精神が充分ではないので、自殺が伝染する危険性もある。

「〜君は、仲間からいじめられてとても辛く悲しかったのでしょう。でも、自殺はいけないことです。自分の命を自分で絶つことは悪いことなのです」

というようなコメントを、ニュースキャスターやゲスト解説者が言うべきだと思うが、現状ではほぼ不可能だろう。それは、被害者とその遺族が共同体全体の犠牲者として祭り上げられるのを拒むことになり、視聴者からのクレームなど、コストがかかりすぎるからだ。

教育問題を語るとき、偏差値の高い私立に通っている高所得者層の子どもと、公立の商業高校や工業高校に通う低所得者層の子どもでは、ひょっとしたら対策が異なるかも知れないのに、そういった区別はタブーだ。

わたしたちの社会では問題を個別に限定することがむずかしい。問題・トラブルはすべて「みんなの問題」でなくてはいけないのだ。わたしたちの社会は何よりも一体感の喪失を恐れている。率直な意見や指摘は、場合によっては一体感を失わせる。一体感を高めるものが善で、一体感を失わせる恐れのあるものはタブーになる。

率直に発言して、結果的に一体感を失わせた者は多大なコストを支払わなくてはならない。もちろん日本の共同体は国家だけではなく大小さまざまなものがフラクタルな形で存在している。たとえば森首相の「神の国」発言だが、あれは自民党の右派内では一体感を固める発言で、自民党全体、または与党全体、そして野党やメディアを含む政治的状況全体ではそうではなかった。ある共同体内の一体感を高める発言が、他のさらに大きな共同体の一体感を損ねるという場合も多いので、わたしたちの発言はいっそう慎重に、曖昧にならざるを得ない。

□

代表監督であるフィリップ・トルシエが、日本サッカー協会はアマチュアの集まりだ、という発言をしたとき、彼は異様な批判に晒されることになった。日本サッカー協会の幹部たちは、選手時代にはみなアマチュアだったわけで、そういう意味ではトルシエの発言はそれほど問題にすべきものではない。他の国では、代表監督がその国の協会やメディアや選手を批判することなど当たり前で、あまりニュースにもならない。攻撃や中傷ではない限り、落ち着いて批判に答えればいいだけのことだ。

だが、トルシエはサッカー協会や日本社会全体の一体感を損ねた。逆にトルシエが外国人だから助かった面もある。コストが大きいのがわかっているから日本人監督はああいった発言はしないだろう。

つまりわたしたちの社会では、率直な発言にはコストがかかりすぎて、利益が少ないのだ。事実というのはミもフタもないことが多い。ミもフタもない事実を明らかにすることをわたしたちの社会は嫌う傾向がある。

援助交際という言葉が流行ったが、あれは売春を曖昧にするものだった。フリーターという言葉もあっという間に流通し、定着した。学校を出ても就職しない若者は、フリーターという言葉によってカテゴライズされ安心感を得た。フリーターという言葉は、人生の猶予期間が欲しい若者にとって利益のあるものだった。フリーターというカテゴライズによって不安感が減ったからだ。

また、若年層の失業の増加による社会不安を恐れる大人たちにとってもフリーターという言葉は問題を曖昧にできるので利益があった。幅広く利益が生じる言葉はメディアによってあっという間に定着する。その言葉の定着によって生じる将来的なコストなど誰も考えていない。

いずれほとんどのフリーターには未来などないことが明らかになるだろう。彼らはチャンスを持っているが、そのための努力など何もしていないし、人生をサバイバルするには努力や訓練が必要だというアナウンスもどこにもないからだ。

やがて彼らは裏切られたと思うだろうが、その頃にはまた都合のいい言葉が流通していることだろう。事実はそうやって永遠に隠蔽されていくのである。

なぜホームレスを襲ってはいけないのか

6/29/2000
1:55AM

オランダで欧州選手権を見てきた。四年前とは違って、どの国も攻撃力が増していて、観戦した四試合で十七点も入った。特に、わたしが応援していたポルトガルとオランダが共に四強入りを果たしたのはうれしかった。ポルトガルとオランダが共に予選を一位で通過したので、六日間の滞在で四試合、両チームのゲームをそれぞれ二試合ずつ見ることができて、しかもそのすべてのゲームで好きなチームが勝利した。

サッカーのような、フロックのほとんどないフェアなゲームの観戦ツアーでそのような幸運に恵まれると、その後の旅行にしわ寄せが出ることがある。準々決勝二試合を見たあと、パリへ向かおうとしたら、シャルル・ド・ゴール空港のストライキでパリへ向かう全便が欠航していた。すぐにわたしは、オランダが六点も取ってユーゴに圧勝したからだ、と思った。サッカーでは、信じられないようなゲームを見てしまったあとに、必ず何かアクシデントに見舞われる。これまでにも似たようなことがあったような気がした。

列車で行け、と空港職員に言われたが、パリ行きの発車まで五時間も待たなければならなかった。アムステルダムからロッテルダムまでゲームを見るときに使っていたハイヤー会社に電話をして、パリまでハイヤーをチャーターできないかと頼んでみた。そしてベルギーを横断するような形で陸路でパリまで行ったのだった。

ベルギーからフランスの国境を越えるとき、その跡だけがあって検問所は無人だった。EUROを実感した。またアムステルダムからパリまで車で四時間半という距離感に、たとえばナチスの電撃作戦と陸続きの国の安全保障という問題が頭に浮かんだ。ヨーロッパの内陸部の国々は、ローマの昔からあっという間に侵略・占領されたり、侵略・占領したりしてきた。アムステルダムからパリまで、だいたい東京から名古屋と同じような距離だが、オランダ人のドライバーはパリに入るのを躊躇した。道はわからないし、言葉も喋れない、ということだった。

実際に彼はフランスの高速道路の料金所で苦労した。九八年のW杯でフランスを旅したわたしのほうが料金所のシステムに詳しかった。パリ市内に入ったところで、タクシーに乗り換えたのだが、オランダ人の運転手はパリを訪れるのは生涯で二度目だと言った。二十六年前に友人と卒業旅行でパリを訪れて以来だと言う。距離的には非常に近いが、文化的には非常な隔たりがあるわけだ。

そのような国家間のシステムは誰かがプランを考えて実行に移したものではないと思う。広い意味での経済活動を行う間に自然にそうなったのだろう。言語や経済という人間同士や国家間のシステム、あるいはそのコミュニケーションの方法は、トップダウンで決定されたものではなく、必要に応じて生まれ、定着するのではないだろうか。

□

現在、日本では、政府やメディアを始めとして変化の必要性が叫ばれている。わたしたちはどうやら変わらなければいけないらしい。何か変化が起こっているようだ、という実感をほとんどの日本人が持っていると思う。しかし、それではどういう風に変わればいいのか、そもそも自分たちは変化に対応することができるのか、そして起こっているのはいったいどういう変化なのか、そういったことは明らかにされていないような気がする。

高度成長期、農漁村から都市部へと労働人口の移動が起こった。それは地方の大家族制を半ば崩壊させ、都市部に大量の核家族を生んだが、それは当時の政府の大号令で起こったことだろうか。これからは田舎で農業をやるより都市で勤め人になったほうがいいのだ、というようなメディアによるアナウンスがあったのだろうか。

メディアはおもに都市の生活をテレビドラマなどにしてきたから、アナウンスはあったと考えるべきだろうが、人々は田舎にいては良い暮らしができないと思ったから都市部に移動したのであって、政府の大号令に従ったわけではないかというのがわたしの考えだ。

実体経済を支えるのがおもに農業や手工業であった時代、家族や共同体のあり方として大家族制や村社会は合理的だった。近代化・工業化が進めば、それらのシステムは合理的ではなくなり、都市部に新しい家族形態が生まれることになる。

その核家族というシステムに問題がなかったわけではないが、それは国民的な経済活動の要請だったので、メディアも基本的にはそれを歓迎した。資本財ということでは地方と都市部に明らかな格差が生まれたが、自民党の政治がそれを補助金などの形で移動させ、隠蔽した。高度成長期を通じて、メディアの影響で、ダサい田舎とかっこいい都会という構図が生まれたが、それは経済的な要請でもあった。労働力を都会に移動させる必要があったからだ。

経済は現在もそのような要請をしているだろうか。都市部には労働力が余っているとも言えるし、足りないとも言えるが、必要とされているのは田舎の高校を卒業した安い労働力ではない。コンピュータ技術などの専門職は不足している。事務職などの単純な労働力は逆に余っている。肉体労働などの単純労働者も不足しているが、それを補っているのはおもに外国人労働者だ。

繰り返すが、日本人は、都会へ行くと何かいいことがあるに違いない、と思って都市を目指し核家族を生んだのである。これからの時代は都市に住むべきだ、と理論立てて考えて行動したわけではない。これからの時代は核家族中心になるべきだ、とそう思ったわけでもない。

共同体や家族というものは、ある規範や政府の大号令でそのシステムを整えるわけではなく、経済的な要請に従う。誰かが大家族制を崩壊させたわけでもない。大家族制は高度成長という経済活動において合理的ではなかったために崩壊したし、現在は核家族が崩壊に瀕している。

父親が会社に勤めに行き、会社が家族を庇護し、母親が家と子どもたちを守る、というような高度成長期の家族モデルに機能不全が見られる。恐らく大家族制が崩壊するときも似たような事態はあったのではないだろうか。それはきっと文学や映画のテーマにもなっていることだろう。故郷を離れる悲しみは国民的な歌として歌われたかも知れない。多くの国民が同じ悲しみを共有していたので国民的なヒット曲が生まれた。昔のヒット曲は老人から子どもまで誰もが歌うことができた。

□

経済的な要請が薄れてきて、核家族は崩壊に瀕しているように見えるが、それは日本の家族や共同体が力を失いつつあるからではない。日本がダメになっているわけではなく、経済的な要請の変化が起こっているだけだ。その変化に対応できない人々は、変化を受け入れることができないので不安状態に陥り、たとえば、昔は良かったという風に今を嘆く。

現在に不安を感じる人にとって、昔のことはすべて良く見える。彼らはありもしない規範を欲しがる。変化を受け入れられないのだから、自分が理解できる規範を手に入れたがるのは当然と言えば当然だ。

たとえば彼らは「子どもの躾」というようなことを言う。だが、成文化された子どもの躾のマニュアルがいったいどこにあるのだろうか。公園で遊ぶ母親と幼児のためのルールはいったい誰が決めているのだろう。そもそも「公園の世界」にルールというものが存在するのだろうか。

少年犯罪が起こるとき、必ず躾のことを言う人がいる。躾というと、誰もがある程度の共通理解を持つことができる。躾とは礼儀作法を教えることだとある辞書には書いてあった。しかし、マニュアル化された礼儀作法が今存在するのだろうか。

少年犯罪が頻発するとき、道徳という言葉もよく使われる。道徳というのは物事の善悪を判断する能力、社会の秩序を守るための規範の総体のようなものだろう。きっと法よりも上位にあるものだ。

社会的なルールとして、規範、道徳、法律などがあり、それを守ることのできるよう子どもに教えるのが躾ということだろうか。

たとえばわたしたち大人は、ホームレスを襲ってはいけない、と子どもに教えるべきなのだろうか。なぜホームレスを襲ってはいけないのか、と子どもに聞かれて、わかりやすく説明できる大人がどのくらいいるのだろう。そもそもどうしてホームレスが存在しているのか、と子どもに聞かれたらどうだろうか。ホームレスは公園に住んでも許されるのか、と聞かれたらどうだろうか。

道徳はそういった質問にどの程度有効な答えを持っているのだろう。

そしてそれは、「ホームレスを襲っても結局、何も利益はない」という合理性を教えることに比べて、どの程度有効なのだろうか。

「音楽の国」にはストリートミュージシャンがいない

8/1/2000
7:56AM

キューバでこの原稿を書いている。今回は、中山美穂のキューバ紀行テレビ番組の、企画協力担当としてキューバを訪れた。わたしも中山美穂と共に、出演することになっている。一年ぶりのキューバだった。去年も空港が新しくなり、街には車が増えていたが、今回はさらに活気があると感じた。八月のキューバは雨期で、六月のような強烈な暑さはない。もちろん日中は日向にいると倒れそうに暑いが、それよりもシャワーが多い。つまり夕立だが、今ものすごい雨が降り出した。真っ黒な雲がたれ込めて、雷鳴が響き、あちこちで稲妻が走っている。

海岸線沿いの新しい高層ホテルに泊まっているが、去年も同じホテルだった。去年は何とかネットにつなぐことができたのだが、どういうわけか今年はまったくつながらない。部屋からではなく、ビジネスセンターがあるのでそこからだと違う回線が使えるのかも知れないが、わたしはもうあきらめた。

電子メールを使うようになってから、どこへ行くにもノートブックを持っていくようになった。確かに原稿もメールで日本に送るほうが便利だし、特に昨年三月にＪＭＭというメールマガジンを発行してからは、どこへ行ってもまずホテルの部屋でネットにつなぐことから始めるようになってしまった。

今日で、三日間メールを見ていない。重要な仕事は電話で済ませた。この原稿はファックスソフトで送信することになるだろう。メールが使えなくても、ネットを利用できなくても、とりあえずは困っていない。なんかすっきりした気分だ。もうメールは見ない、ネットにつなげようと努力はしない、と決めると、肩の力が抜けるような気がした。

今、大きな雷がすぐ傍に落ちて、ホテルの電気が止まった。だがこのノートブックはバッテリーが稼働している。あたりはものすごい雨で、まだ夕方だというのに真っ暗だ。

今日は知り合いの知り合いのコンガ奏者兼予言者の家に行って来た。予言者というか、サンテリアという一種のホワイトマジックの、祈禱師というか占い師だ。彼の家は世界遺産になっているオールドハバナの一角にあり、あたりの街並みは絵画のように美しかった。彼は昔、有名なバンドのコンガ奏者だったが、現在はバンド活動を止め、おもに外国人にコンガを教えている。

「外国人がコンガを習う場合、キューバにいると自然に音楽がからだの中に入ってくるが、自国に戻るとそれがなくなってしまう。それでせっかく覚えたコンガが、なにか窮屈なものになってしまう」

彼はそう言った。本当にその通りだ。キューバにいると音楽がからだの中に染み込んでくるのがわかる。街のどこへ行っても音楽が鳴っているわけではないし、いつでも音楽が聞こえてくるわけでもない。町中で子どもたちが踊っているわけでもない。テレビやラジオでしょっちゅう音楽番組をやっているわけでもない。だが、音楽がからだに入ってくるのだ。

□

日本は逆だ。どこへ行っても音楽が聞こえる。駅のホームでも、デパートでも、ホテルでも、アスレチックジムでも、プールでも、スキー場でも、海水浴場でも、歯医者に行っても音楽が鳴っているし、乳牛も音楽を聴いているが、音楽がからだに入ってくることはない。だいいち、音楽がからだに入ってくるという、概念というか、感覚がわからないだろう。

音楽とダンスの国というと、そこら中で音楽が鳴っていて人々が踊っているという印象しか持ち得ないだろう。音楽が垂れ流しになっているわけではないのだ。

人々はあちこちで一日中踊っているわけでもない。コンサートやキャバレーやディスコで踊るが、どんな音楽でも踊るというわけではない。自分が踊りたいとき、踊りたくなるような音楽が演奏されているときしか踊らない。コンサートでも、演奏が始まると一斉に立ち上がって踊り出したりするわけではない。

音楽とダンスの国、と聞いて、そのような誤解が生まれるのはどうしてだろうか。町中でストリートミュージシャンが演奏し、子どもやお年寄りがしょっちゅう路上で踊っているという印象しか持てないのはどうしてなのだろうか。

ひょっとしたら日本人は音楽やダンスに限らず「〜が好き」という概念が未発達なのではないだろうか。あるいは、〜が好き、ということと、〜に依存する、ということを混同しがちなのではないだろうか。〜が好き、という感情は、人間にとってもっとも基本的なもので、しかもわかりにくいものだ。わかりにくいという意味は、それが個人的な嗜好に左右され他人にはわかりにくいということと、個人という概念が未発達な国で、果たして個人的な嗜好というものが存在しうるのかという疑問でもある。

もっとも単純で重要な個人的嗜好は、異性や食べ物・飲物に関することだろう。だが、わたしたちは、たとえばある食べ物について、本当に「個人的に」好きになっているだろうか。当たり前のことだが、生まれてからカレーライスを食べたことのない人は、カレーライスを好きになることはできない。また子どもの頃、大好きな両親が、おいしいおいしいと喜んでカレーライスを食べるのを見て育った子どもにはある種の刷り込みがなされるかも知れない。

コマーシャリズムとメディアの影響もある。好きなアイドルが宣伝するスナック菓子や清涼飲料を「好き」になってしまう子どもは大勢いるだろう。

実は、自分で個人的に何かを好きになるのは簡単ではない。～が好き、とわたしたちは一日に何度も言う。だが、カレーライスとか缶コーヒーのレベルではなく、生きていくために必要な何か、職業とする技術や知識、学問などの場合、それらの対象を好きになるのは簡単ではないような気がする。

個人という概念が未発達の国では、そういった対象が見つかった瞬間に孤独になってしまうからだ。個人の概念が未発達な国では、個人というのは集団から疎外されることによって際立つ。たとえばメディアの文脈などでは、個人が発生するのは、集団から疎外される場合に限られている。個人的嗜好も集団の影響下にあることが多い。

ある企業のある部署においては、たとえば巨人ファン以外は疎外されるというようなことは決して稀ではない。それを好きになっていなければ話題に参加できない、仲間外れになってしまう、周囲から煙たがられる、という事態は日本では決して珍しいことではない。

□

要するに、個人で何かを好きになることのコスト&ベネフィットの問題ではないかと思う。

個人的に何か好きなことを見つけたほうが有利に生きられる、というコンセンサスはまだ日本社会にはない。個人的に好きなことを見つけるのは、旧来の日本社会では多大なコストがかかる。

学歴に絶対的な価値があり、終身雇用と年功序列が支配的な社会では、個人的な嗜好は趣味の範囲にとどまり、しかもそれは集団の嗜好に影響される。

日本社会の中では、好きなものはゴルフです、とある人が言う場合、その人がどの程度の頻度でコースに出たり、打ちっ放しのドライビングレンジに行くかで、その好きな度合いを測る。釣りの場合なども、一カ月に釣りに行く頻度、持っている道具の数や種類や価格、海外まで出かけていく、といったことから好きな度合いを測る。

そういった社会の常識では、音楽とダンスの国、というと、町中で始終音楽が流れ、人々はしょっちゅう踊っていなくてはいけないのだ。だから、キューバを紹介するテレビ番組などでは、街角で演奏する人々やその周囲で踊る人々が求められる。

キューバには基本的にストリートミュージシャンはいない。人々は街角で踊ったりしていない。

音楽とダンスの国、というのは、まず良質な音楽とダンスが存在する国であり、それらを国民が総意として求めている国でもある。政府が音楽とダンスを奨励しているわけではない。

国民の一人一人が、音楽とダンスを必要としているということだ。

そういう国では、どうでもいい音楽が歯医者の待合室で流れていたりしないし、人々は街角で、どうでもいい音楽で踊ったりしない。

「二十一世紀に日本人はどう生きればいいのか」という愚問

9/2/2000
2:00AM

最近、自分で喋りすぎではないかと思う。

JMMというメールマガジンを発行し、『失われた10年を問う』というNHKの番組をやったら、どういうわけか、まず講演の依頼が増えた。基本的に講演は苦手だ。平均すると、二カ月に一回くらいのペースでやっているが、合わない。『希望の国のエクソダス』という作品を出版して、宣伝のために、依頼のあった取材を全部引き受けたら、かなりの数になってしまった。キューバのバンドの来日公演のための取材もやった。取材は、常宿の自分の部屋でまとめて受けるようにしている。取材が好きだという人はあまりいないだろう。わたしも苦手だ。

だが、本は売れて欲しいし、キューバのコンサートの切符も売れて欲しい。インタビューなんかやりません、とカッコつけてもしようがない。自作を売りたいのだから好きではないけど取材は受ける、というスタンスだ。

取材で消耗するのは、インタビューの内容を自分で勝手に予測してくるインタビュアーだ。「今日は村上さんに、今の若者に対してガツンと厳しいことを言ってもらいたくて、取材に来ました」

取材の最初に、インタビュアーはそういうことを言う。

今の若者に言いたいことなど何もありません、とわたしが答えると、インタビュアーは頭を抱えてしまう。用意してきたインタビューメモがまったく役に立たないと嘆いたりする。「何万人、何十万人の『若者』という層を一括りにして、作家が何かアドバイスするような時代状況ではないと思います」

そういうことを言うと、インタビュアーはますます困った表情をする。彼らは、わたしへの質問と、それにわたしの答えまですでにイメージが出来上がってしまっているのだ。

彼らの状況認識はだいたい次のようなものである。

1：日本は大きな変化の中にある。
2：その変化の中で、古い考え方は淘汰されていく。
3：今までのやり方ではダメだ。
4：変化をチャンスと捉えて、努力する人間だけが勝ち組に入ることができる。
5：時代に乗り遅れることなく、自分を磨かねばならない。

別に間違ってはいないのだが、具体的に何一つわからない。

1：まず、どういう変化が起こっているのかわからない。

2：古い考えとは具体的にどういう考えを指すのかも不明だ。

3：今までのやり方とはどういうやり方なのかわからない。

4：どういう努力をすればいいのか、また勝ち組とはどのような集団のことを言うのかもわからない。

5：時代に乗り遅れないとは具体的にどういうことかもわからない。

そういうわけで、取材中に沈黙が訪れる。

「言いたいことがないのなら、どうして『希望の国のエクソダス』のような作品を書いたのですか」

そんなことを言い始めるインタビュアーもいる。

「言いたいことがある人は、拡声器を使って駅前で怒鳴ればいいではないですか。ぼくは言いたいことがあるわけではなく、伝えたい情報があって、それは物語の形にしないと伝わりにくい情報なので、小説を書いたわけです。言いたいことはないけど、知っていることなら、聞いてくれれば話すので、質問して下さい」

そういうことを言っても、インタビュアーはなかなか質問できない。

「二十一世紀に日本人がどう生きればいいのかという指針を伺いたい」

平気でそういうことを聞いてくる取材者もいる。

そんなことがわかるわけがない、とわたしは答える。

「ここに具体的な一人の個人がいれば、彼に向かって、何かアドバイスができるかも知れないが、日本人に向かって、指針を示すことなんかできません」

わたしは不特定多数の人に向かって、こうすべきだとか、言ったことはないし、言いたくはない。

どうして多くの人が曖昧なアドバイスを求めるのだろう。生きるための指針といったわけのわからないものを欲しがるのだろう。

□

九月初旬現在、ライフラインを守る消防や警察やガス会社やＮＴＴなどの職員を除いて、三宅島の全島民が島から避難している。メディアは、先に疎開した児童生徒の受け入れ先での様子や、島から脱出する人々のインタビューを繰り返し流している。三宅島の人々がどのくらい不安がっているのかをわたしたちに知らせようとしているのだ。

しかし火山の噴火や地震が起これば誰だって不安になるに決まっている。どうしてそのことをわざわざ繰り返し紹介しなければならないのだろうか。なんと可哀相なのだろう、と同情させるためだろうか。

島から避難した人々の一部は東京都が用意した都営住宅に移り住んだらしい。もし噴火と地震がずっと半永久的に続けば、三宅島からの避難者は都営住宅に住み続けることができるのだろうか。都は避難者に無料で都営住宅を提供するのだろうか。仕事を失ってしまった人はどうなるのだろう。おそらく避難した人々の最大の不安はそういったことではないだろうか。

都は、あるいは国は避難者の就職の世話をするのだろうか。火山の噴火が起これば必ず被害が出る。復興と再出発には多大なコストがかかる。誰がそのコストを引き受けるのか、どう考えてもそれが最大の問題ではないかとわたしは思うのだが、金のことを報じるメディアはない。

誰がそのコストを引き受け、不利益や利益が出た場合に誰がそれを受けるのか、それがコスト&ベネフィット。

少年犯罪では誰が不利益を被るのか。学級崩壊では誰がもっとも不利益を被るのか。そしてそれらの問題の解決のためのコストを引き受けるのは誰で、問題が解決すると誰にどのような利益があるのか。

「二十一世紀に日本人はどう生きればいいのか」という問いを発する際にも、答える際にも、コストはまったくかからない、タダだ。インタビューに答えて指針を示す側に責任が生じるわけではないし、その指針が正しかった場合でもストックオプションのようなものがあるわけでもない。そのようなやりとりにいったいどういう意味があるのだろうか。

□

敢えて意味を探せば、不安なのは自分一人ではないと思えて、新聞や雑誌で有名人や文化人が示す「指針」を読んで根拠のない安心を得るということだろうか。

そういった意味のない「指針」のようなものをリクエストするのは、聞いたこともないようなマイナーな雑誌や発行部数二千のコミュニティ新聞ではない。大新聞やメジャーな雑誌だ。

そういった取材のインタビュー原稿を見るのは恐怖だ。わたしの台詞が違うものになっていて愕然とすることが多い。長い原稿だと、訂正に二、三時間かかることがある。わたしが答えた内容が、微妙にニュアンスを変えて原稿になっている。自分で喋ったことなので、大きく違うことはないが、微妙にニュアンスが違うので気持ちが悪いのだ。

そういったことはだんだんひどくなっている。若者や子どものコミュニケーション能力の低下を嘆く論調が目立つが、もっともそれが顕著なのはメディアだ。コミュニケーション能力の「低下」と言うが、それでは昔の若者や子どもやメディアはコミュニケーション能力が高かったのだろうか。そうは思えない。昔はそれほど正確なコミュニケーションを必要とはしなかった。

今月は結論めいたものはない。とにかくこの二、三週間喋りすぎた。メディアにも出すぎた。

しばらく隠遁したい。

デビュー以来、苦労しましたというコメントをしたことがない

9/25/2000
2:35AM

　女子マラソンで高橋尚子が優勝して、いよいよシドニーオリンピックも佳境に入ってきた、という日曜日の夜にこの原稿を書いている。日本人選手はさまざまな種目で活躍していて、彼らのメンタリティには明らかに昔の選手と比べて変化が見られるが、メディアの対応は大昔と何も変わっていない。

「あそこでスパートしたときに何を考えていたんですか？」

　みたいなことを平気で聞くキャスターやレポーターがいる。スパートしようと考えてスパートしたに決まっているのに、平気でそういうことを聞く神経は信じられないが、昔からそうだったし、今後もきっと当分は変わらないのだろう。

　サッカーは準々決勝でアメリカに負けた。ＰＫ戦だった。五輪代表は、高校を卒業してすぐにプロになった選手ばかりなので確かにうまい。予選から試合を重ねるごとにたくましくなっていったことも確かだ。だが何かが足りないと思いながらわたしは彼らのプレーを見て

いた。

以前、元日本代表監督のハンス・オフト氏に会ったとき、日本人選手はサッカーに対するｄｅｓｉｒｅが足りない、ということを聞いた。ｄｅｓｉｒｅという英語は、対応する日本語がない。欲求とか欲望とか訳すより他にない。オフト氏のいうｄｅｓｉｒｅとは、サッカーに対し欲望を持つ、というような意味だが、日本語の文脈で理解するのはほとんど不可能だ。

日本語で多少似ていると思われるニュアンスの言い回しを探すと、「サッカーが命です」「サッカーに情熱を持っています」「サッカーは人生そのものです」「サッカーに人生を賭けています」というような感じになるだろう。だが、それらは、サッカーに対してｄｅｓｉｒｅを持つ、というニュアンスとは、実は大きくかけ離れている。

単純に考えても、サッカーが人生そのものであるわけがない。人生の中核をなしているという言い方は比較的正確かも知れないが、サッカーが命であるわけがない。

わたし自身の仕事で考えてみると、小説はわたしの人生ではない。わたしは小説に人生を賭けているわけではない。小説が命であるわけがない。だが、わたしはもちろん小説に対してｄｅｓｉｒｅを持っている。わたしは刺激的で面白い小説を書きたいと思っていて、そのために努力するし、その小説が高い評価を得て、多く売れて欲しいと思う。それが小説に対するdesireということだ。

だが、日本的な文脈では、小説に、あるいは小説を書くということに「依存」しないといけないのだ。前述の、サッカーが命です、サッカーに人生を賭けています、という言い方には「依存」のニュアンスが含まれている。サッカーが主で、自分が従でなければいけないということだ。自分でサッカーを選び取った、というニュアンスがない。日本的な文脈では、サッカーという競技、その世界に、自分が受け入れられる、というニュアンスが必要なのだ。

□

サッカーという競技を、あるいは小説を書くという仕事を、「自分自身で選び取る」というニュアンスを日本社会は持っていない。自分で人生を選ぶ、という概念がないからだ。小説を仕事にする人間は、小説を仕事にする人々の世界に受け入れられる、という形で小説家になる。

勘違いしないで欲しいのだが、日本社会で小説家になるためには権威が必須だと言っているわけではない。文壇に認められなければ小説家になれないと言っているわけではない。

日本社会の文脈では、小説家という仕事を自分で「選び取る」ことによって小説家になるのではなく、小説を仕事にする人々の世界に「受け入れられる」ことによって小説家になる、そういうことだ。

そして、受け入れられる、というキーワードで、すべての職業・仕事が連続した環の中で並列的に存在することになる。その環は日本社会の中で閉じられているので、海外で活躍する日本人には違和感があるだろう。

だが、自分で人生を選び取る、というのは結果的に「選び取る」ことになるだけで、たとえばわたしは小説家になる以外に選択肢が豊富にあったわけではなかった。美大に行っていたが卒業できる見込みはなかったし、最初からサラリーマンにはなれないと思っていた。絵を描いていたが、絵で生活していけるとは考えていなかった。小説家として成功するのがわたしにとってはもっとも効率的で、コスト&ベネフィットの面でもっとも有効だったのだ。

本来人間はそうやって自分の職業や仕事を選ぶ。大げさに言うとサバイバルしていく上で、普通に言えば生活の糧を得る上で、もっとも有効に自分の資源を活用できるものを選ぶ。自分の最大の資源が親のコネだったらそれを利用すればいいし、最大の資源が自分の容姿だったら、タレントやモデルを選べばいいということになる。

自分の人生を選ぶ、というのはそういうことで、レストランでメニューを選ぶように数ある選択肢の中から生き方をチョイスするということではない。自分の資源は限られているので、それを最も有効に活用するための方法も限定されてしまうということだ。しかし、それは、自分の人生を共同体に委ねるということとは決定的に違う。

日本の社会で、自分の人生を選び取ることがむずかしいのは、それが非効率だというコンセンサスが生まれてしまったからだろう。日本で近代化が始まった明治時代には、資本が限られていたので、一般人には自分の人生を選び取るチャンスなど皆無だった。せいぜい炭鉱を掘り当てるとか、海産物の缶詰工場を作るとか、そんなものだった。戦争に負けたあと、ソニーやホンダが誕生したが、ソニーの成功の陰で数百のベンチャー企業が潰れていったはずだ。当時、起業はリスクが大きかった。

高度成長の過程で、日本企業は力をつけたので、就職して企業に庇護してもらうのがもっともリスクの少ない生き方になった。人生を自分で選び取るためには、そのための社会整備が必要だ。社会的な差別がある場合、人生を自分で選び取るなどというのは空想でしかない。たとえば女性は、雇用機会の面で差別されていたために、つい最近まで、人生を選び取るのは容易ではなかった。安心を得るためには、ほとんどの場合、結婚しかなかったのだ。生活の保障という面で、結婚がもっとも効率がよかった。

そういう時代が充分に長く続いたために、人生を選び取るのではなく、男は企業に受け入れられ、女は、企業に受け入れられた男に受け入れられるという生き方がもっともスタンダードなものとして定着してしまった。

そういったコンセンサスは、共同体に受け入れられなければ生きるのが非常にむずかしいという近代以前の日本のシステムとも矛盾しないものだったのだ。

□

そういったコンセンサスを持つ社会で、ｄｅｓｉｒｅという概念が生まれるわけがない。自分で人生を選ぶのではなく、既成の共同体・企業に「受け入れられる」ことがすべてなので、サッカーは人生そのものです、というような言い回し以外でのコミュニケーションができないのだ。

サッカーや小説という仕事は、「選び取った」ものではなく、当該の共同体に「受け入れられた」結果、「与えられた」ものでなくてはいけないのである。

したがって、サッカーや小説は、個人がそれに依存するものでなくてはいけない。依存という一点で、全国民が一体感を持つことが可能になる。

オリンピックで勝利した選手は、それまでの苦労に思いを馳せて泣いたほうが受けがいい。その世界に受け入れられるまでの苦労、受け入れられたあとに自分に課した苦労というのは、全国民に共通したものだからだ。努力はしたが苦労なんかまったくしていない、というような醒めたコメントは共同体の反感を買う。

そういったコメントには、自分は自分の人生を選び取ったのだから苦労なんかするわけがない、というニュアンスが含まれている。

わたしはデビュー以来、苦労しましたというコメントをしたことがない。だから、わたしは基本的に日本の共同体からは好かれない。

日本を脱出する若者が増え続けるのは当然のことだ

11/4/2000
2:46AM

イタリアにいる。ミラノでインテル対ローマの試合を見て、昨日は近郊のベルガモという街に行った。

ベルガモはミラノの衛星都市で高級住宅街と古い街並みと有名なレストランがある。旧市街の広場にあるレストランで昼食をとった。豚の尻の部分のクラテッロという生ハム、レンズ豆と魚介類とトマトのスープ。海老のビスクソースのねじりんぼうのようなパスタを食べて、九三年のバローロを飲んだ。

デザートを選んでいると、若い日本人が現れて、デザートの説明をしてくれた。わたしはリンゴのタルトを、連れの友人はブルーベリーのスープにフランボアーズのアイスクリームを浮かべたものをそれぞれ頼んだ。若い日本人は、イタリア料理の修業のために日本からやってきていた。

中田がイタリアに移ってから、特に彼がペルージャにいた頃、わたしはペルージャを基地にしてトスカーナやウンブリアの小都市に小旅行によく出かけた。小都市には必ず有名なレストランがあって、そこには必ずと言っていいほど若い日本人が修業に来ていた。ベルガモの高級レストランで会った若い日本人は、いろいろな街のレストランで修業しながら、いつかは日本に戻って自分のレストランを開くのだそうだ。日本人が懐かしかったのだろう。かなり長いことわたしたちと話をした。歳は二十代半ばというところだろうか。一人でイタリアの小都市にいてどことなく寂しそうだったが、目は活き活きとしていた。

□

若者は海外に出たほうがいい、とわたしは大前提的に思っているわけではないが、イタリア料理の修業をするのなら、イタリアがもっとも効率がいいだろう。日本人が他の国の料理を指向することが自然かどうかは別にすると、フランス料理を覚えたいのならフランスに行けばいいし、ベトナム料理ならベトナムに行ったほうがいい。

すでに実際に多くの若い日本人が海外に渡っている。ハリウッドにはSFXなど映画関係の仕事に就いている日本人が大勢いる。イタリアやフランスには料理の修業をするシェフ志望の若者が大勢いる。パリやミラノにはヘアメイクやスタイリストの勉強をしている若い人が大勢いるし、NYやロンドンにはDJやミュージシャンを目指す若者が大勢いる。国連やユネスコなど国際機関で働く日本人の数も飛躍的に増えている。海外青年協力隊などと違って、そういった海外渡航者たちの数は正確には把握できないが、確実に増えている。

頭脳流出が懸念されているが、技術を求める若い人たちの海外流出はすでに始まっている。彼らは日本に戻ってくる場合もあるし、現地で仕事をする場合もある。イタリア料理などは、日本で店を開くことを前提にしているのだろうが、映画のＳＦＸなどは日本に戻ってきてもろくな仕事がないので現地で働くことになるのだろう。

日本は本当に魅力のない国になりつつある。わたしが無名の若者だったら、きっと海外で勉強し、何か技術や知識を身につけようと思うだろう。

わたしは、日本語で日本のことについて小説を書いていて、すでにエスタブリッシュメントとして認められていて、日本で仕事をするのがもっとも効率的だから日本にいる。しだいに日本食が一番からだに合うようになってきたし、たとえばキューバに住もうとは思わない。行きたくなったらキューバに行き、しばらく滞在すればいいのだ。

だが無名で無力な若者は事情が違う。彼らは、受験競争に勝つという目的以外に何の役にも立たない勉強を強制され、その競争に勝って有名大学に入ったところで安定した将来が約束されているわけではない。有名大学を出て、大企業に就職が決まったからといって安心できるわけではない。相当数がリストラされたようだが、仕事ができないくせにやたら威張るのが好きだという中高年の上司はまだうじゃうじゃいる。

満員電車で会社に行き、嫌味な上司に命令され、しかも常にリストラの可能性にさらされ、社内での競争にも耐えなくてはならない。また、金も地位もコネもなく、ずば抜けた容姿の持ち主でもない若い男が今の日本で女を確保するのは至難の業だ。女たちは別に結婚に飢えていないので、できるだけいい男を探そうとしていて、適当なところで妥協しようと考えているのはすでに少数派になってしまった。

仕事は適当にこなして趣味に生きようとしている若者だって、たとえばサーフィンでも、千葉や伊豆でその真似事で満足するしかない。サーフィンだったらハワイでやったほうが楽しいし、ダイビングだったらポリネシアやカリブで潜ったほうが楽しいし、キャンプやカヌーだったらカナダでやったほうが楽しいし、スノーボードだったらアメリカンロッキーでやったほうが楽しいと知りつつ、ここは本場ではないけど、とりあえずここでやるしかないと思いながら、国内で真似事をするしかない。

現在の若者は、バブル以後の不況を生きている。あぶく銭を儲けることもできないし、将来的には、重税や、年金の破綻が待っている。

定年まで会社が持てばいいと思っている中高年の既得権益層は少なくない。彼らは逃げ切ろうと思っていて、資産や資源を次世代に残そうなどとは考えていない。

そういった状況で、日本を脱出する若者が増え続けるのは当然のことではないだろうか。もちろん海外に修業に出たり、海外に留学する若者を一括りにするのは無理があると思う。海外の学校で日本人同士で群れて過ごし、英語も話せないままに帰国する若者も多いらしい。

□

だが問題は、海外留学生の中にもダメな人間は大勢いる、ということではない。若い人にとって日本が魅力のない国になりつつあるということが問題なのだ。

「それでもわたしは日本が好き。だって山にも海にもきれいな自然が残っているし、何よりわたしは日本人だから」

というようなことを平気で口にする人が最近多いが、日本人だから日本が好き、というのはある意味で当然のことだ。外国語を一から学習するのは楽ではないし、日本語が通じるというだけでも、日本人にとって日本のほうが住みやすいのは当たり前だ。

食事だって、おいしいソバや寿司などがある海外の都市は限られているし、日本人だったら日本の食生活のほうが快適に決まっている。日本人が日本に住むメリットを充分に認めた上で、それでも海外に出た方が人生を有利に生きられるのではないかと考える若者が増えているということなのだ。

政府は国債を乱発して、本当にこんなものが必要なのだろうかという道路や橋やダムや空港や官庁舎を作り続けている。実際のところ、今の子どもたちや若者が住みやすく生きやすい国土を作ろうとしているとはとうてい思えない。どんどん生きにくくなる、と若い人は気づき始めている。よほどのバカでない限り、犠牲になるのは誰かわかるだろう。

大人たちは、子どもや若者にどういうライフスタイルを示しているのだろうか。今のところ、海外に積極的に出るべきだというような声が大人の社会の中核から聞こえてくることはない。だが、子どもは敏感に気づく。どういう人が充実した人生を歩んでいるのか、敏感に嗅ぎ分ける。

中田英寿はセリエAにいるし、イチローは大リーグを目指している。最初から海外のリーグや大リーグを目標に定めているサッカー少年や野球少年は圧倒的に増えているだろう。Jリーグや日本のプロ野球は、海外で活躍できない選手のとりあえずの居場所になってしまうかも知れない。

海外に出る可能性もなく、日本でろくな仕事もできない人々と、メディアだけが、今年の日本シリーズを、ON対決だと言って騒いだ。ONなんか知らない人のほうが圧倒的に多くなっているのに、メディアは異様に大騒ぎをした。きっと不安だからだろう。世間というものが消滅しようとしていて、一体感を感じられることが激減しているので、幻想と化しているON対決で盛り上がるしかなかったのだ。

子どもは学校に行くのが当たり前だ、という常識はすでに崩れている

12/2/2000
1:35AM

十一月二十三日の勤労感謝の日に、ＮＨＫで教育に関する特別番組があり、わたしはメインコメンテーターとして出演した。午前中に総合テレビで百分、午後から夕方にかけてＥＴＶで三百分という信じがたい長時間の番組だった。

わたしはその番組出演の感想を、ＪＭＭというわたしが主宰するメールマガジンにも書いたし、女性月刊誌のエッセイにも書いた。そしてまたこのエッセイでも書こうとしている。エッセイのネタがないわけではないので、その番組がよっぽど強烈に印象に残ったのだろう。

番組のタイトルは「あなたは子どもにどんな人生を望みますか」というもので、わたしが考えた。親、教師、そして「識者」と呼ばれる人々がスタジオに集まった。最初の百分が「親に聞く」、次の百二十分が「教師に聞く」、最後の百八十分が「全体討論」という構成になっていた。計四百分を教育問題の論議に当てたＮＨＫの熱意は評価したい。

しかし、親や教師の一方的なお喋りを防ぎ、子どもへの具体的な要望を引き出すために考

えた「あなたは子どもにどんな人生を望みますか」という設問は、途中から考慮されなくなった。わたしは親や教師や識者が話した内容をほとんど覚えていない。親は学校に対する不満を話し、教師は家庭や文部省に対する不満を話した。

わたしは違和感を感じながら彼らの話を聞いていたが、いまだにその違和感の正体がはっきりしない。

□

NHKの番組に出演したい、あるいは出演してもいい、と思うような親や教師は、ひょっとしたら一般的ではないのかも知れない。まず彼らに共通していたのは、自分の子ども、自分が受け持っている子どもという個別の問題を、社会的な問題と結びつけているということだった。わたしが『希望の国のエクソダス』という小説で書いたとおり、たとえば不登校でも、子どもが学校に行かなくなる理由は恐らく不登校をしている子どもの数だけあると思う。

不登校の子どもを持つ親は、その理由を主として学校に求めていた。イジメというシリアスな事態を含め、確かに学校には問題が多い。親たちに共通していたのは、子どもが学校に行かなくなったのは学校のほうに問題がある、という認識だった。

不登校の原因は学校側にあるのか、それとも子どもの側にあるのか、ということをわたしは明らかにしたいわけではない。要するにはっきりしているのは、今の学校制度には合わない子どもたちが確かにいて、無視できないほどその数が多いということだ。

番組に出演した不登校の子どもを持つ親たちは、フリースクールを始めとするさまざまな方法で子どもたちに教育を受けさせていた。非常な苦労があったと思う。学校に対する不満や不信感を番組を通じて明らかにしたいという気持ちもよく理解できる。

わたしが感じた違和感は、おそらく次のようなことではなかったかと思う。

親の考えの基本になっているのは、国民的な一体感だ。その一体感に基づいて、公立学校は学校に通うすべての児童生徒の学校での生活全般と合致するシステムを構築しなければならない、という前提を持っている。その前提に基づいて、親たちは学校に対する不満や不信感を表明しようとする。そして学校側は、すべての子どもは現在の学校のシステムに合致しなくてはならないと考えている。

繰り返すが、わたしは学校側が悪いのか、子どもや親の側が悪いのかということを言っているわけではない。そういう問題の立て方には意味がない。

自分の子どもがイジメに遭っているのが判明した場合などには学校に行かせるべきではないとわたしは思うがみなさんはどうですか、とわたしはスタジオに集まった親たちに聞いた。

全員が、そういう場合には学校に行かせない、と答えた。

何があっても子どもは学校に行くのが当たり前だ、という常識はすでに崩れている。しかしわずか数年前まではそうではなかった。

子どもは学校へ行くのが当たり前だという常識が支配的だった時代、不登校を始めた子どもを持った親は耐えがたい不安と焦りに襲われただろう。

親たちからは、イジメを把握していながらまったく対処しようとしない教師への不満や不信も語られた。

国民的な一体感とはどういうことか。問題に対し個別に対処しようとする考え方やシステムがないということだ。学校で起こっていること、あるいは家庭で起こっていることは、個別の出来事であり、全体的な問題に結びつけることはできないのではないかということだ。

スタジオに集まっていた親が不満や不信を訴えるべき相手は、スタジオに集まっていた教師や文部省の官僚だったのだろうか。

スタジオに集まっていた教師が問題点を訴えるべき相手は、スタジオに集まっていた親や文部省の官僚だったのだろうか。

自分の子どもを個別にケアできなかった教師に対し、親たちが不満や不信を持つのは当然のことだが、そのことを表明する相手はスタジオに集まっていた教師だったのだろうか。

公立高校の教師がいて、彼は自分が授業をするクラスの生徒に問題があると言った。生徒数は二十六人で、そのうち問題がある生徒は二十人ほどらしかった。

生徒数が二十六人だとわかったのは、わたしがそのことを質問したからだ。わたしが聞く前は、彼は自分の生徒の数も明らかにしなかった。二十六人の生徒の中で問題があるのは二十人ほどだということも、わたしがそのことを質問したあとに彼が答えてはっきりしたことだった。

「その問題がある二十人の生徒ですが、あなたはどういう風に変化して欲しいのですか？つまりその二十人の生徒たちが、どういう生徒になればいいとあなたは思っているのですか？」

とわたしが聞くと、彼は、いろいろあるがまず望むのは自分に対し教師としてコミュニケーションして欲しいことだ、という風に答えた。

「それは敬語を使って欲しいということですか？」

「それもありますが、それだけではありません」

「どうすれば二十人の生徒たちはあなたのことを教師としてコミュニケーションするようになると思いますか？」

わたしはそう聞いたが、彼はその質問には答えず、別のことを話し始めた。

わたしはその教師を批判したいわけではない。わたしがその教師ならどうするだろう。二十人の生徒をどうにかして変化させるか、あるいは二十人を無視して、六人だけに授業を行うかどちらかしか方法はないのではないか。

□

確かなのは、テレビに出演して親や文部省を批判してもその二十人が変化する可能性はないということだ。

一体感というのは、その二十人がまとめて変化する可能性を信じることだが、二十人がまとまって望ましい方向へ変化することなど考えられない。可能性があるのは、その二十人の一人一人と個別に会って、どうして自分のことを教師として認めてコミュニケーションしないのかと聞くことではないだろうか。そんな時間はないかも知れないし、そんなことをするほどの報酬は公立高校の教師にはないのかも知れない。

ただ、しつこいようだが、テレビのスタジオで自分のクラスの生徒の問題点を明らかにしても、その二十人の生徒が変化するわけがない。彼は、二十人の生徒の個別の問題を語ることなく、一般的で国家的な教育論を語った。繰り返すがその教師を批判しているわけではない。ひょっとしたらわたしたちは、教育を語るときに、問題のある二十人一人一人について個別に語る文脈を持っていないのではないだろうか、ということだ。

学級崩壊と言われる児童・生徒の授業放棄に関しても、おもに語られるのは、一クラス四十人の児童・生徒を集団としてどうするか、ということだ。授業が始まっても席につかず、授業中に教室を出ていく児童・生徒に対し、一人一人個別に、授業中は席につかなければいけないことを説得し、それが聞き入れられないときは、その児童・生徒には別の教育機関を準備するべきだとわたしは思う。

教室に来ても授業を受けようとしない児童・生徒がいる。その生徒を個別に呼んで、目の前の椅子に座ってもらう。教師はその生徒に向かってどう説得するのか。そういう場合の、基本的なマニュアルのようなものを、わたしたちは用意できるのか。集団のルールには従わないといけない、という決まり事以外に、わたしたちは目の前の個別の児童・生徒に対し、果たして言葉を持っているのだろうか。

現在「世間」はどこを探しても存在しない

12/28/2000
0:22AM

二〇〇〇年は本当に喋ることの多い一年だった。週に三、四回の割合で対談とか座談会とかしていた気がするし、インタビューされたり、インタビューしたり、とにかくよく喋った。極め付きはNHKの「教育の日」の計七時間に及ぶ特番だった。年末には正月用の Ryu's Bar 21世紀 Special とフジテレビの特番に出演した。

勘違いされると困るが、「売れっ子」だと自慢したいわけではない。作家だろうがタレントだろうがテレビに出る回数が多ければ売れっ子だという時代は三十年前に終わっているし、考えてみれば「売れっ子」という言葉自体が死語だ。それにテレビに出なければ忘れられてしまうというようなタレントは大して重要ではない。

タレントや歌手がテレビを拒否するようになったのは七〇年代だ。その先駆けは井上陽水であり、ユーミンであり、中島みゆきであり、そしてサザンだった。二、三歳の差はあるが、彼らはほぼわたしと同年代だ。テレビが家に来た日のことをはっきりと憶えている世代だと言ってもいいかも知れない。

家にテレビが来たのはわたしが七歳のときだった。プロレス中継が始まると本当に近所の人が家に集まってきた。わたしが最初に見たテレビ番組は「チロリン村とくるみの木」という子ども向けの人形劇だったが、そのときの奇妙な感覚はいまだに記憶にある。ヴァーチャルな現実が目の前に出現した瞬間だった。

テレビは、いろいろな意味で驚異的なメディアだった。まず、非常に多くの人が同じ疑似体験をするということはそれまでになかった。また、家族全員が受動的になるという体験もそれまでにはないものだった。

□

わたしは自分が出演したテレビ番組を見ない。恥ずかしいし、何であんなことを喋ったのだろうと必ず後悔するからだ。だからなるべくテレビには出ないようにしている。八七年から三年半の間、Ryu's Bar というレギュラーの番組をやったが、いまだにどうしてそういう仕事を引き受けたのか自分でもわからない。

そして今回の Ryu's Bar Special だが、あの番組にしても、どうしてやる気になったのか憶えていない。前の Ryu's Bar のスタッフと話しているうちに何となく断りきれなくなってしまったのだろう。テレビの仕事はいつもそうやって曖昧な返事をしているうちに決まってしまう。

Ryu's Bar Specialのゲストは、坂本龍一、中山美穂、ビートたけし、中田英寿の四人で、アシスタントが石田ゆり子だった。

坂本と中田は友人だし、中山美穂とはその前に一緒にキューバで番組を作ったし、ビートたけしとは以前に対談したことがあった。それぞれに初対面ではなかったわけだが、それでも彼らと話すのは緊張した。わたしは彼らにリスペクトを持っているので、それで緊張したのだと思う。敬意を表すべき人たちだった。緊張はしたが、妙な疲れはなかった。何とかコミュニケーションが取れたことで充実感があったのだろう。

思わぬ収穫があったのは元日にオンエアされるフジテレビの特別番組だった。さまざまな年代と職種の人々に同じ質問をして、そのVTRを見ながら司会者と話すという形式で、基本的には現代の日本への批判や提言になるはずだった。VTRを見ながら、こんなことをやっていてはダメだ、とコメントするようなそういう番組の主旨だった。

だが、VTRに登場した人々は何というか意外にみな健全だった。わたしが考えた質問は、「あなたは十年後の自分をイメージできますか」というものだった。日本について、あるいは教育や政治についての質問ではなかった。十年後の自分について聞いたのだ。

ほとんどすべての人が十年後に不安を持っていたが、同時に十年後をより充実したものにしたいという気持ちが伝わってきた。

このVTRを外国人に見せたら、日本は何といい国だろうと思うのではないかと思った。

□

十年後のことを考えるとどうしても不安になるが、何とか今よりも充実したものにしたいと思う、という答えは非常にまともなものだ。十年後の自分をイメージしても不安はまったくないという人がいるわけがない。そういう人は異常だ。だがマスメディアは、子どもたちが将来に不安を持っていると聞くとうろたえてしまう。

個人的な不安はこれまで半ばタブーだった。世間というものに頼ることができればたいていの不安は解消されたからだ。

そもそも不安というものはどういうことで発生するのだろうか。

一般的な不安は、サバイバルできないかも知れないというところで発生する。殺されるかも知れない、という危険は明らかに不安を生む。

つい最近まで日本社会の隅々にフラクタルに存在していた「世間」という共同体はほとんどの不安を解消するように機能していた。共同体の構成員は病気のときに看病してもらえたし、食料や金がないときには融通してもらえた。就職や結婚の世話もしてもらえたし、何より孤独にならずにすんだ。

昭和大恐慌のときの農村のような極端な状況でもひょっとしたら不安はなかったかも知れない。餓えや寒さやみじめさ、それに娘を身売りする悲しさはあったかも知れないが、不安はなかったのではないだろうか。不安というのは将来的に状況が悪化するのではないかという思いだ。実際にホームレスになってしまえばホームレスになったらどうしようという不安からは解放される。

オウム真理教の信者たちは信じられないような劣悪な環境でわけのわからない修行を繰り返していたわけだが、不安はなかっただろう。何かを全面的に信じてしまえば不安はなくなる。つまり不安のない社会というのは、貧しいか、自由がないか、またはその両方なのだと思う。

□

不安がない人は危機感を持つことができない。危機感は好奇心と結びついて、ときにその個人にとって重要な行動を起こす原動力になる。不安を抱えている個人はリラックスできる時間と空間を求める。不安に対処するためには、プライバシーが守られる安全な空間と時間が必要だ。

世間が充分に機能する社会にはプライバシーがない。周囲は全部知人で、秘密を持つことは原則的に禁止されている。独りぼっちになることもないが、他人との距離もない。そしてそういった社会では、甘えることが美徳となる。個人と個人が、また個人と共同体が甘え合うことで信頼関係を確認する。

甘えない個人は嫌われる。宴席などでは個人間の距離は無視される。酒が入った場合など、無礼なほうが、開放的な奴だということで好かれたりする。その宴会の出席者全員が仲間だという強制的な雰囲気が出来上がってしまう。宴会の上座に座った人が冗談を言うと、一斉に笑い声が起こる。そういう宴席でも弱いものは犠牲になる。

女性は、聞かれたくないことを聞かれることが多い。彼氏はいないの？　と上司が質問して、無視すれば、それは共同体への敵対行為になる。そういった場所では個人の不安は無視される。

すなわち不安を持っている個人はそれだけで共同体に敵対していることになる。

構成員の不安を解消するというのは共同体の存在理由の一つなので、個人的な不安を抱えていることがわかるとそれだけで共同体から疎んじられる。「世間」が代表する日本の共同体は、個人の不安に対応できない。世間の成員として受け入れられていながら不安を抱えることなどあり得ないからだ。

現在そういった「世間」はどこを探しても存在しない。その成員になりさえすれば、不安が自然になくなるような共同体はどこにもない。しかしそれでも個人的な不安を抱えることはタブーのままだ。子どもが、不安なんだ、と言うと、親はそれだけで心配する。

個人が何らかの不安を抱えるのは当然というコンセンサスが定着しない限り、世間という幻想が機能し続ける。そして大勢の人が意味のないストレスを持ち続けることになる。

「ライフスタイル」は趣味ではなく職業で決定される

1/31/2001
7:15PM

わたしが編集長を務めるＪＭＭというメールマガジンで、精神分析家の妙木浩之氏と共に「男性のライフスタイル」という企画を立て、男性読者からの投稿を募った。二百通近い投稿が寄せられたが、その内容は大きく二つに分かれていた。

一つは、実はこれが投稿のほとんどを占めていたのだが、「現代男性論」とでも呼べるようなものだった。つまり自分の個人的なことは一切書かず、一般的で抽象的な「男性のあり方」についての考えが書かれているのだ。

「女性と比べて、これまでの経済的な成功体験から、特に中高年の男性は旧来の価値観に縛られることが多く、変化の機会を逸してしまっている」

「これから大切なことは、男性性に支配されることなく、感情的にもオープンになって、いわゆる『男らしさ』から自由になることが必要なのではないだろうか」

「女性のライフスタイルについては、女性雑誌に溢れ返っているが、男性のライフスタイルについてはほとんど語られていないような気がする。これまで、わたしたち男性が、国家権力に庇護されてきたからというような理由もあるだろう」

そういう内容だった。男性のライフスタイルを心理経済学的に考えるための「個人史」を寄せてもらうつもりだったのだが、投稿されてきた大半が「論」になっていた。そこには、個人の生き方の紹介、体験や、個人的な思いが一切なかった。

二つ目のタイプの投稿には、確かにその人の「個人史」が描かれていた。しかし、その個人史は、転職、出向経験、失業、離婚、病気、長期療養などネガティブなものばかりだった。勘違いして欲しくないので念のために言っておくと、ネガティブな内容だからといって、その一種の「告白」がつまらないものだったというわけではない。そういった個人史の作者は、一様に、離婚したり、失業したりして初めて「自分自身と向かい合ったような気がする」という風に書いていた。ネガティブな個人史のほとんどは文章や論考のレベルが高く、自分をきちんと客観視できていた。

もちろんそれらの投稿からある結論を引き出すのは無理がある。だが、やや乱暴だが、少なくとも次のような推論は可能だ。

つまり、日本社会では、国家や企業などに庇護されている人（大前提的な忠誠心がなく国家や企業と一種の契約を結んでいるだけの人は含まない）は、自分の生き方について考えることがなく、一般論や抽象論としての「男性のライフスタイル」しか語れないのではないかということだ。

そして、国家や企業、あるいは家庭の（従順な妻の）庇護を失ったときだけ、彼らは個としての自分と出会う。つまり、以前このエッセイでも書いた通り、日本社会が共有してきたこれまでの文脈では、個人というのは、集団・組織から疎外されることで初めて現れる概念なのだ。

□

日本の男性の典型的な個人史とはどういうものだろうか。『日本経済新聞』朝刊最終面の左上に「私の履歴書」というコーナーがあり、アサヒビール会長の樋口廣太郎氏が「履歴書」を連載している。このコーナーに「履歴書」という個人史を書くことができるのは、基本的に功なり名を遂げた人、つまり社会的に広く認められた成功者に限られている。

彼らは苦難の果てに摑んだ成功と栄光とそのきっかけを、助けてくれた肉親のことを、その過程で出会った人たちのことを書く。たいていドラマチックで、しかも感動的だ。皮肉っているわけではない。

彼ら有名な成功者は、政治家も官僚も経営者も学者も文化人も、人生のどこかのポイントで「個人」としてリスクと責任を負い、何らかのプロジェクトを主導している。つまり日本社会では、名前を言えばたいていの人が知っているような有名な成功者は個人史を語ることができるのだ。もっともそれは個人史というよりも、成功物語に近い。

男性のライフスタイルについて、というタイトルでJMM読者の男性から投稿を募ったときに、ネガティブな個人史か、一般的な男性論のいずれかになってしまったのはなぜだろうか。

それは告白という制度も影響している。内面に隠しているものがあるから告白がなされるのではなく、告白という制度が隠すべきものを作り出す（柄谷行人『日本近代文学の起源』一九八〇年）。

したがって、告白は常に自己否定的だ。自分を肯定する告白でも、必ず自己否定から出発しなければいけない。日本経済新聞の「私の履歴書」でも、成功談の前提として必ず失敗や挫折や絶望が紹介される。

ただ、JMMで募集したのは、挫折の告白ではなく「男性のライフスタイル」というタイトルの原稿だった。もちろん形式や内容は自由だったが、それにしても挫折の個人史や、現代男性論というテーマの論文を募集したわけではない。

ライフスタイルというのは具体的にどういうことを指すのだろうか。対応する日本語がないわけではない。生き方、だ。現代における男性の生き方はすでに決まっていて、動かしがたいモデルがあるというわけでもない。生き方がわからない、という若者や中高年は非常に多い。フリーターはその典型だろう。非常に多くの大人が生き方を考えられないのだから、子どもが混乱するのは当たり前だ。

生き方というとき、これまではおもに人生に対する「姿勢」が問われていたような気がする。高潔な生き方、自由奔放な生き方、弱者に対して優しい生き方、というようなことだ。そういう表現は非常にわかりやすい。だから、「ライフスタイルを問う」つまり「生き方を問う」というタイトルの投稿が男性論になりがちだったのかも知れない。

□

わたしは小さい頃から、サラリーマンという職種を人生の選択肢から除外していた。サラリーマン・勤め人には向かない、と親や教師から言われ続けてきたので、自然とそうなったのだが、日本社会でサラリーマンを除外して考えると選択肢は極端に狭くなる。わたしは芸術家と医者と弁護士しか思いつかなかった。医者を目指していたが、受験勉強がいやになって、美大に入り、画家を目指し、小説を書いたら賞が取れたので、それ以来作家として生計を立てている。それがわたしのライフスタイルだ。

高潔に生きるとか自由奔放に生きるとか言う前に、何によって生計を立てるかという大問題があるはずだが、不思議なことにそのことがライフスタイルの問題として語られることがない。ひょっとしたら、学校に行って企業・官庁に入る、ということが自明の前提になっているのではないだろうか。

高度成長は驚異的なパイの拡大を促した。勤め人になりさえすれば、職場を問わず給料は上がっていった。経済合理的にサラリーマンがもっとも有利だという状況で、ライフスタイルを考えることが可能だろうか。

戦後、無視できない長い間、とにかくサラリーマンになること、しかもできるだけ価値があるとされる官庁・金融機関・企業に勤めることが大前提だった。それは広く国民的なコンセンサスとなった。わたしのようにサラリーマンを除外して人生の選択肢を考えていた人はマイノリティだった。自分はどこかの企業や官庁に勤めるのだろうという前提でほとんどの男が生きていたのだ。

そういうときには、誰もライフスタイルなんか考えない。ライフスタイルはその本質から離れて、高潔な生き方というような人生の姿勢や、休日にはヨットに乗るというような趣味を指すようになってしまう。休日にヨットに乗る、というのは広義のライフスタイルには違いない。だがその人はどうやってヨットを購入したのだろうか。休日にヨットに乗ることがライフスタイルではなく、どうやってヨットを買うのかがその人のライフスタイルを決定する。

つまり、男性のライフスタイルという論議において、職業を選択するという最も重要なファクターが最初から欠落しているのだ。男性に比べて、女性のライフスタイルの論議はシンプルで一般的だが、それは結婚か仕事かという重大な選択肢がまだ消滅していないからだ。ライフスタイルに限らず、スタイルを「選ぶ」というときに、選択肢が最初から消えているわけだから、抽象的な男性論になりがちなのは当然だ。

日本の男たちは、ライフスタイルを選ぶどころか、ライフスタイルについて語る前提を持っていない。全体のパイが拡大し続ける高度成長の頃はそれでも構わなかった。だが、現在はゼロサムの社会であり、自分にとって、より有利な、より充実感を得ることのできる生き方を選ばなければならない。だが、その論議の前提がない。百五十万人を超えるフリーターの存在は、変化に対応できない、対応しようともしない日本社会の鏡だ。

フリーターには未来がない

3/2/2001
6:57PM

六冊目になる単行本のために写真を撮ってもらった。カメラマンはもう十年以上の付き合いのKだったが、キューバで映画を撮っていた頃の龍さんの写真が出てきたんだけどあの頃若かったっすね、と彼に言われた。

最近、鏡を見ると白髪も皺も増えたし、口ひげにも白髪が混じっている。歯は四十過ぎてから何本抜いたかわからない。目は、パソコンのモニターを見るようになってから、乱視と近視になり、当然遠視にもなっている。

要するに老けたわけだが、歳をとっているわけだからしようがない。健康のために何かスポーツをやっていますか、とメイクのお嬢さんに聞かれて、犬との散歩と答えた。ジョギングや水泳をやったり、ジムに通っている友人も多いし、中にはトライアスロンをやっている人もいる。歳をとると下腹を中心に筋肉も皮膚も当然弛んでくる。ジムでマシンを使って筋肉を引き締めることが必要なのだろうか。

わたしはそういうことにまったく興味がない。こういうことではいけないのだろうと思ったりもするが、面倒臭いのでやらない。いろいろな国へ行ったが、中高年の男はだいたい下腹が出て、筋肉や皮膚が弛んでいる。中高年になるにしたがってどんどん筋肉や皮膚が締まってくるという民族はおそらく存在しないだろう。わたしの息子はすでに成人した。だから、歳をとるのは当然なことで、じたばたとあがいてもしようがない。

若い頃から、いろいろな意味でからだを酷使してきたので、この歳になってさらにジョギングなどをからだにやらせるのは忍びないし、なるたけ楽をさせてやりたいと思っている。楽をさせるということでもっとも効果的なのは睡眠だ。昔から睡眠だけは充分にとるようにしてきた。と言うか、睡眠が足りないと異様に不愉快になってくるので、とにかく寝たいだけ寝てきた。作家になったのは寝坊ができるからだと言ってきたが、それはジョークではない。わたしは本当に寝るのが好きだし、もうちょっと寝ていたいという欲求を阻害されると、機嫌が悪くなる。

しかし、もうちょっと寝ていたいという欲求は誰にでもあるだろう。どうして多くの人はその欲求を手放してしまうのだろうか。それは生きていくため、つまり何らかの手段で生活の糧を得るためだと思う。充分な睡眠をとるのが嫌いだから、という理由で早起きする人はきっと少ないのではないだろうか。

早起きは三文の徳、ということわざがある。否定するつもりはない。わたしが早起きするのは、魚釣りやキャンプなどアウトドア関係と、映画の撮影、それと誰か親しい人を空港まで送っていくとか、海外旅行で早いフライトに乗るとか、目的は限られている。魚釣りもキャンプも十五年くらいやってないが、景色のいいところで早起きするのは気持ちがいいし、朝焼けとか見れるし、鳥のさえずりとかも聞くことができる。

だが、わたしはやはり早起きが嫌いだ。ベッドの中でぐずぐずしたり、うとうとと微睡《まどろ》んだり、夢を反芻したりするほうが好きだ。勘違いしないで欲しいのだが、わたしは早起きが好きだという人を否定しないし、議論をするつもりもない。早起きが好きか、朝寝坊が好きかというのは人それぞれに違っていて、お節介に自分の好みを他人に推奨したり、他の意見を否定したりしてもしようがない。

わたしは通勤電車もいやだった。学生の頃、帰郷のときに、新幹線に乗るため朝のラッシュ時の電車に乗ったことが何度かある。自分はとてもこんな状態での移動に耐えられないと思った。見知らぬ他人と接触するのがいやだったし、揺れる電車の中で必死に吊り革に掴まるのもいやだった。わたしは、自分は通勤にはまったく向いていないと思った。

□

そういう思いが、自分のライフスタイルを選ぶときの基準になる。前回も書いた通り、わたしは小学生の頃から、サラリーマンには向かない、と言われ続けて育ったので、とりあえず将来のことを考えるときに、サラリーマンは除外しなければならなかった。他人の指図に従うことに耐えることができなかったからだ。さらに、朝寝坊が好きで、通勤電車が我慢できないとなると、サラリーマンはますます絶望的だった。

ただ、どうにかして生活費を稼がなくてはならない、という強い意識はあった。サラリーマンにはなれない。だが金を稼がなくてはならない。という二つの要因が、わたしのライフスタイルを決定した。わたしは美大に通いながら、親から仕送りをもらってモラトリアムの状態を維持し、その間に小説を書いた。お前はたまたま才能があったから成功しただけだ、と言われるかも知れない。だが、わたしが早起きが好きで、通勤電車が大好きで、他人の指図に従うことが大好きだったら、きっとサラリーマンになっていたはずだ。

労働省の調べで約百五十万人、リクルートの調べでは三百万人以上というフリーターは、社会的な大問題だし、日本を被う諸問題を象徴している。マクロ的にフリーターを考えると、彼らの大多数が「騙されていた」と気づいたときに、大きな社会不安を生む可能性がある。

戦略的に十年後のことを考えたときに、フリーターという地位は非合理的だ。三十五歳でマクドナルドのアルバイトをすることを考えればわかることだ。あるいは四十歳でガソリンスタンドで働くことを考えればわかりやすい。そういった職場で、年下の上役に命令され、こき使われることを想像すれば、ほとんどのフリーターの未来が見える。

ほとんどのフリーターが十年後の自分を率直にイメージせずに済んでいるのは、日本の社会全体が十年後のことなど考えていないからだ。政府を始めとして、十年後をできるだけ有利に生きるために、危機感を持って、今という時間を使う、という発想が社会全体にない。なぜそういった発想がないかと言えば、これまでなくても済んできたからだ。社会が推奨する集団に入ることができれば、十年後のことなんか考えなくて済んだ。高度成長期はもちろん、八〇年代までは社会全体が豊かになっていったから、豊かになった分、パイの分け前が国民みんなに与えられた。

急激な成長が期待できなくなると、当然パイは奪い合いになる。社会が必要とする技術や知識を持った人が有利に生きられる。ほとんどのフリーターは「有利に生きられる」ということを誤解しているのではないだろうか。有利に生きるというのは、アドバンテージを持つ、というような曖昧なことではない。それは、高価でおいしいイタリアンレストランで食事ができるとか、広い家に住めるとか、他人からこき使われなくて済むとか、そういったミもフタもないことなのだ。

どうしてそういったアナウンスがないのだろうか。二十歳を過ぎて、専門的な技術や知識の習得もないまま、十年、二十年が過ぎると、低いランクの職業に就くしか選択肢がなくなり、しかもそれは他人にこき使われることを意味する、というようなことをフリーターに向かって言う大人が誰もいない。経済格差や社会的序列や社会的階層といったようなことは、近代化や高度成長期にはタブーだった。その名残りで、現在もタブーになっているわけだが、明らかに十年後には経済格差は増大しているだろう。

こんなはずではなかった、と多くのフリーターは怒りを覚えるだろう。無為に、無目的に、十代、二十代を過ごせば、四十歳になっても他人からこき使われるだけだ、ということをどうして誰も教えてくれなかったのかと彼らは怒るに決まっている。

わたしは小説家として成功しなくても後悔はしなかっただろう。それは早起きと通勤電車には耐えられないと、自分で把握できていたからだ。サラリーマンとして出世した人を羨ましいとも思わなかっただろう。通勤電車に耐えられる人を羨ましいとは思わない。

後悔したフリーターは怒りの目を社会に向けるだろう。そのとき日本はどうなっているだろうか。現状の財政赤字や低迷する株価や、終わってしまったＩＴバブルを考えると、八〇年代のような圧倒的な繁栄を謳歌しているとはとても思えない。少なくとも、社会全体に与えられるパイの分け前が増加するとは想像しにくい。

そういう未来の日本で、年老いたフリーターたちはどうやって怒りを鎮めようとするだろうか。彼らは、富めるものから財を奪おうとするはずだ。その方法としては、犯罪か、全体主義しかない。

自分は早起きが好きか。通勤電車が好きか。他人にこき使われることが好きか。そう自問するのは無駄なことではないのだ。

解説

上原隆

私は重大な教訓を得た。それについて書く。

本書は一九九八年十月一日から二〇〇一年三月二日までの、日付のついた村上龍の思考の記録である。思考の中心は日本人の生き方についてだ。彼は走りながら考え、考えながら書いている。文章は現在進行形で、いくつかの思考の断片といくつかの率直で鋭い意見から成り立っている。読者はそのどれかに、あるいはすべてに教えられ、自分なりの教訓を得ることができる。

私の得た教訓について知ってもらうために、少し私のことを書く。

私の本業はサラリーマンだ。広報ビデオを作る会社の営業プロデューサーをしている。社員は私を含めて三人。三十年以上同じ会社で働いてきて、昨年、私が一番の年長者となり、役員となった。経理から決算報告を受け、多額の借金を抱えていることを知った。しかもこの三年間売り上げが落ちてきている。

借金ときいて、株主のひとりは私に自分の株（紙切れ同然）を買ってほしいといい、取締役のOBは役員を降りたいといった。難破船から逃れるかのように。

売り上げが落ちてきているおもな原因は、業界の仕組みが変わったことにある。以前は実績と営業力で仕事が取れていたのだが、最近は、どの企業でも参加できる企画競争に勝ち抜かなければ仕事が取れなくなったからだ。官庁関係はホームページに仕事の概要が載り、説明会があり、企画書を提出し、優秀な企画を出した会社が仕事を取る。完全な競争だ。

私の会社は企画競争体制に順応できずに、競争に負け続けていた。

私は不安になった。過去の実績で仕事が取れるのなら、ある程度の仕事量は見込めるけれども、競争に勝つか負けるかでは、売り上げの予定など立てられるはずもない。

仕事がなくても、社員の給料や家賃は必要だ。借金は増えるばかりだ。

私は夜も眠れなくなった。

そしてこう決断した。仕事が取れたら給料は出るが、仕事がなければ給料は出ない。売り上げが上がれば給料は上がるが、売り上げが下がれば給料も下がる。すべてをガラス張りにして社員はそれを了解の上で働く。

会社の雰囲気は、ひとつの場所に集まったフリーランス（自由業）の集団という感じになった。

企画競争に勝たなければ仕事はない。みんな腹をくくった。ひとつの企画についてとことん調べ、アイデアを出し、裏を取り、企画書のスタイルを斬新にし、プレゼンテーションの練習をした。

その結果いくつか仕事が取れるようになり、一年後にはなんとか黒字になった。

私の不安は少し解消した。しかし、このままずっと競争をし続け、勝ち続けなければならないと思うとやはり不安だ。

仕事を誠実にこなしていれば次の仕事につながり、会社での人づきあいを普通にしていれば給料がもらえるといった、依存できる関係、安心できる場、共同体的なものがなくなってしまった感じがする。

しかし、よく考えてみると、私は二十歳のころに地域共同体のベタベタしたつきあいが嫌いで家を飛び出したし、会社での上下関係がイヤで、人の呼び方を「──部長」や「──くん」や「──さん」と使い分けるのをやめて、すべて「──さん」と呼ぶようにしたし、私は自分を個人主義者だと思っていた。

ところが、いざ、競争社会となり自己責任でいろいろなことを判断しなければならなくなった時に、なんだか砂漠にひとりで立っているような不安を感じはじめているのだ。

本書の中で村上はこう書いている。

「現在そういった『世間』はどこを探しても存在しない。その成員になりさえすれば、不安が自然になくなるような共同体はどこにもない。（中略）

個人が何らかの不安を抱えるのは当然というコンセンサスが定着しない限り、世間という幻想が機能し続ける」

「日本的な共同体」いわゆる世間が、この数年、経済的な要因で壊れてきている。国家や企業、家庭が庇護してくれなくなりつつある。人は自分しか頼りにできなくなるだろう。これは良いことだと村上は考えている。そのようにして生まれる個人は何らかの不安を抱えているのが当然なのだという。

村上は徹底した個人主義者だ。私のような中途半端な個人主義者とは違う。私は村上に、個人主義者であろうとするなら、不安が付随するのは当たり前じゃないか、といわれた気がした。

そうか、個人に不安はつきものなのか。

これは私にとっては百八十度ものの見方が変わるような考え方だった。

不安であることが個人の常態なのだといわれれば、個人主義者としては、ある種プライドを持って不安を抱えているべきなのかもしれない。

村上はサッカー・チーム、ジェフユナイテッド市原・千葉のイビチャ・オシム監督みたいだ。オシムはジェフの選手を練習で走りに走らせ、どこのチームよりも、走り回る選手たちを育てた。試合の後半、相手チームが動けなくなったところで、ジェフの選手たちが走り回り、点を取る。こうしてジェフユナイテッドは上位のチームとなった。

「選手がもうダメだ、走れない」といっていると新聞記者がオシムにたずねると、彼はこういったという。

「レーニンは『勉強して、勉強して、勉強しろ』といった。私は、選手に『走って、走って、走れ』といっている」

村上はみんなに「個人主義を徹底して、徹底して、徹底しろ」といっているような気がする。

そういえば、村上は顔もオシムに似ている。六十歳を越えるとオシムのような威厳に満ちた顔になるのではないだろうか。

最後に、この本の中で、私が一番気に入っている文章を紹介する。

村上は中田の試合を見たことで、トヨタカップを見に行く気がしなくなったという。「ペルージャで中田の試合を見たあとには、いろいろなことを考える。目の前に弱冠二十一歳にして『世界市場』に認められた友人がいるわけだ。わたしが、世界中の人に自分の作品を見て欲しいと考えているわけではなくて、サッカーでも、小説や映画でも、やっていることは世界中共通で、だったらその質を上げていきたいという思いを切実に持つことができるのだ。日本国内でどんなにほめられても満足してはいけない、と素直に思うことができるし、くやしいが、自分はいまだに日本語の壁に守られているのだ、と確認することができる。

そういった思いは、小説や映画を強いものにするために必要だ。わたしは、トヨタカップを見てそのあとに食事をしたりする自分を想像することができる。たった今見たばかりのゲームについて話し、気分は高揚していてきっと高いワインを飲んだりすることだろう。

そういうのはつまらない」

中田を見て、自分も世界に通用するもっと「強い小説」を書きたいという焦るような向上心が村上にはある。この気持ちに較べれば、高級なワインを飲むことなんかはつまらないことだという。

私は競争社会が良いとは思っていない。しかし、この現実の中で生きていく限り、この本は私にとって重要な教訓を与えてくれた。その教訓をひと言でいうなら、こうなる。

不安を友として生きよ！

――コラムニスト

この作品は二〇〇一年四月ＫＫベストセラーズより刊行された
『すべての男は消耗品である。Ｖｏｌ．６』を改題したものです。

幻冬舎文庫

●好評既刊
真実はいつもシンプル
すべての男は消耗品である。Vol.3
村上 龍

日本で、簡単に手に入る幸福に惑わされてはいけない。そこには真実はなく、世界からも相手にされない。村上龍が伝える刺激的な真実と、不安な時代を生き抜く法則。読まずに明日はこない。

●好評既刊
①死なないこと②楽しむこと③世界を知ること
すべての男は消耗品である。Vol.4
村上 龍

決して死んではならない。楽しまなければならない。世界を知らなければならない。才能とプライド。人生を充実させる二つのファクターを存分に引き出すには？ 村上龍が、あなたに激しく迫る35章！

●好評既刊
明日できることは今日はしない
すべての男は消耗品である。Vol.5
村上 龍

欲望を抜きにして、希望はありえない。「危機感とは本質的に生存に関わることである」――。現代を生き抜くために、なにが本当に必要なのか？ 村上龍が提示する新たなサバイバル術。

●好評既刊
恋愛の格差
村上 龍

〝格差を伴う多様化〟が進む現在の日本で、恋愛はどう変化しているのか？ いい男・女とはどんな人間なのか？ 不幸な恋愛を回避するためには知らなければならない事実がある。恋愛エッセイ。

●好評既刊
誰にでもできる恋愛
村上 龍

崩壊同然の旧い社会システムに頼らない生き方の先に、充実した人生を過し、楽しい恋愛を経験するあなたがいる。素敵な未来を迎えるあなたのための村上龍の驚きの恋愛論。ついに文庫化。

蔓延《まんえん》する偽《いつわ》りの希望《きぼう》

すべての男《おとこ》は消耗品《しょうもうひん》である。Vol.6

村上龍《むらかみりゅう》

平成17年3月31日　初版発行

発行者——見城徹

発行所——株式会社幻冬舎

〒151-0051東京都渋谷区千駄ヶ谷4-9-7

電話　03(5411)6222(営業)

　　　03(5411)6211(編集)

振替00120-8-767643

印刷・製本—中央精版印刷株式会社

装丁者——高橋雅之

万一、落丁乱丁のある場合は送料当社負担でお取替致します。小社宛にお送り下さい。

定価はカバーに表示してあります。

Printed in Japan © Ryu Murakami 2005

幻冬舎文庫

ISBN4-344-40629-X　C0195　む-1-24